# Investieren in Kryptowährungen –

das wahrscheinlich umfangreichste Kryptobuch

**Schritt für Schritt zum erfolgreichen Investor**

Grundlagen verstehen – investieren – richtig lagern – mining - ICOs - Anlagestrategien

**Crypto Experts**

**Risiko-Hinweis und Haftung**

Jedes Investment in Kryptowährungen ist mit Risiken behaftet, teilweise hochspekulativ und kann zum Totalverlust des eingesetzten Kapitals führen. Wir halten die Artikel, Empfehlungen, Charts und Tabellen für verlässlich, jedoch können wir keine Garantie für Richtigkeit und Aktualität übernehmen. Die Inhalte in diesem Werk sind nach bestem Gewissen verfasst, wir halten unsere Quellen für verlässlich, aber auch hier können wir keine Garantie auf Richtigkeit und Aktualität geben. Die Inhalte in diesem Werk stellen keine Aufforderung zum Kauf oder Verkauf von Kryptowährungen dar. Die Informationen geben lediglich einen Einblick in die Meinung der Verfasser.

# Inhalt

# Kryptowährungen - verstehen, investieren und sicher lagern

Der Hype um Kryptowährungen hat gerade erst begonnen. Doch jetzt schon werfen viele Menschen mit Worten wie Bitcoin, Altcoin, Ethereum und Ripple herum und diskutieren heiß über die Hash Rate, einen Bump and Dump und die letzten Mining-Ergebnisse. Um die gesamte Thematik hinter den virtuellen Währungen zu verstehen, werden wir in diesem kleinen Ratgeber ganz von vorne beginnen und von der Entstehung bis zum richtigen Umgang mit der Kryptowährung alle Schritte detailliert erklären. Um dieses komplexe Thema wirklich gut zu durchblicken, benötigt es Zeit. Egal ob Sie vorhaben, nur einige Coins zu kaufen und abzuwarten, ob Sie unter die Miner gehen möchten oder sich im Traden versuchen wollen - es ist wichtig, klein anzufangen und die gesamte Materie von Anfang an gut verstehen zu lernen.

## Der Weg vom Gold zur Kryptowährung

Schon in der Steinzeit gab es Handel zwischen den Menschen. Frisch erlegtes Fleisch wurde gegen andere Nahrungsmittel, Handwerkserzeugnisse oder selbst gebastelten Schmuck getauscht. Den Wert dieser Waren handelten sich die Menschen untereinander aus und jeder bot eine Gegenleistung, die er für angemessen hielt. Durch besonders beliebte Güter wie Muscheln, Perlen, Metalle, Edelsteine und auch Salz und kostbare Gewürze entstanden so die ersten Währungen, denn mit diesen Gütern konnte ein besonders hoher Gegenwert erzielt werden. Im 6. Jahrhundert vor Christus wurden unter

König Kroisos im Volk der Lyder die ersten Münzen geprägt und dieser König sollte das Leben aller nachfolgenden Generationen verändern. Noch heute nimmt man, wenn auf großen Reichtum hingewiesen wird, diesen besagten König Krösus zum Vergleich her.

Es entstanden Münzen aus unterschiedlichen Metallen. Silbermünzen und Handelsmünzen waren für den täglichen Gebrauch gedacht und mit Goldmünzen wurden teure Waren bezahlt. Im Mittelalter und im 11. Jahrhundert in China entstand das erste Papiergeld. Die Münzen wurden zu unhandlich und die Menschen suchten nach einer besseren Lösung. Durch das Papiergeld wurde vieles vereinfacht, dass jedoch Papiergeld einfacher herzustellen ist und somit andere Probleme mit sich zieht, daran hatte man nicht gedacht. Zum einen hatte man das Problem der Fälschungen, zum anderen aber wurde hier der Grundstein für die Inflation gelegt. Sobald Geld immer wieder in unbegrenzten Mengen, unlimitiert, gedruckt werden kann, verliert es die Kraft, wird weniger wert und die Inflation ist eingezogen. Außerdem war es ein Problem, dass unterschiedliche Formen von Papiergeld im Umlauf waren, und niemand so genau wusste, welcher Geldschein nun welchen Wert hatte. Ein einheitliches Währungssystem musste eingeführt werden. Ab dem 19. Jahrhundert spielten nun für den Geldverkehr ReichsBanken und PrivatnotenBanken eine wichtige Rolle im Leben der Menschen. Bis heute ist die Bevölkerung stets von Banken abhängig und genau diese Abhängigkeit und der Unmut über Inflation, unfaire Zinsen und Negativzinsen ließ die Menschen nach neuen Möglichkeiten suchen. Die vermeintliche Monopolstellung der Banken war garantiert mit ein Grund, dass die virtuellen Währungen, die sogenannten Kryptowährungen, entstanden.

Hand aufs Herz, Sie haben doch auch garantiert öfter als einmal mit Kopfschütteln Ihr Sparbuch betrachtet und sich gefragt, warum trotz fleißigem Sparen immer weniger Geld in Ihrem Besitz ist? Genau diesen Unmut möchten die Entwickler der Kryptowährung aus der Welt schaffen und den Menschen eine Währung geben, die auch etwas wert ist.

## Wie funktionieren Währungen?

Bei Währungen spricht man auch von Devisen. Sämtliche Devisen besitzen einen festgelegten Wert, damit diese untereinander gehandelt werden können. Jedes Land, oder eben die Europäische Union als Gesamtes, hat eine eigene Währung. Der Wert und der Wechselkurs werden unter anderem durch die Attraktivität der Waren und Dienstleistungen bestimmt. Werden viele Güter ins Ausland exportiert, investieren viele Menschen in die Pläne und Vorhaben des Landes und steigt die wirtschaftliche Stärke, so wirkt sich dies auch im Wechselkurs aus. Die Währung wird stark. Ist ein Land verschuldet, gibt es viele Arbeitslose und lahmt die Wirtschaft, so sinkt auch der Wert der Landeswährung. Dies alles wäre noch akzeptabel, da sich Konjunktur und Handel bemessen und regulieren lassen. Doch nun kommen die Banken diverser Länder ins Spiel. Mit aufwändigen Konjunkturprogrammen wird die Wirtschaft wieder künstlich angeschoben, Staatsanleihen herausgegeben und ein undurchsichtiger Handel rund um die nationalen Währungen entsteht. Bei diesem profitieren alleine Banken und der Staat, der kleine Mann als Privatperson aber leidet weiter unter der Inflation. NotenBanken greifen in die eigene Inflation ein und manipulieren diesen sozusagen. Ein Währungskrieg entsteht, vor allem Amerika und China sind hier stark vertreten. Auch diese Problematik war mit ein Grund, dass Kryptowährungen erfunden wurden, die absolut dezentral fungieren und funktionieren können. Durch virtuelle Währungen sollte jeder die Möglichkeit haben, sich aus der Abhängigkeit von Banken zu befreien. Natürlich waren Kryptowährungen den Banken von Anfang an ein Dorn im Auge - offiziell - denn wer hinter die Kulisse blickt, der weiß, auch Banken sind immens an den virtuellen Währungen interessiert.

## Warum hat Gold einen Wert?

Der Wert des Goldes lässt sich ganz einfach so erklären: Gold ist nicht unlimitiert verfügbar. Irgendwann sind sämtliche Goldreserven abgebaut und alles Gold der Welt im Umlauf. Gold wird abgebaut und es steckt ein aufwändiges Verfahren dahinter. Wurde in früheren Zeiten Gold ganz einfach gefunden, man erinnert sich an die Goldgräberzeiten, so wird es heute immer schwerer, dieses kostbare Metall abzubauen. Die Reserven werden kleiner und das Edelmetall somit kostbarer. Auch hier bestimmen Angebot und Nachfrage den Wert mit. Für Menschen wurde Gold so wichtig, da sie hier ihr Geld anlegen konnten, ohne von einer Inflation betroffen zu sein. Ob in Goldbarren oder Goldschmuck, es wurde das Ersparte investiert. Viele konnten vom Anstieg der Goldpreise profitieren. Zudem ist Gold ein Gut, das jederzeit wieder verkauft werden kann. Jeder, der in Gold anlegt und investiert, bleibt somit liquide, also flüssig.

Auch wenn der Goldpreis zwischen 1980 und heute starken Schwankungen unterliegen musste und Anleger schlecht verkaufen mussten oder langfristig auf die erneute Wertsteigerung hoffen durften, ist Gold relativ stabil. Auch diese Thematik wurde in die Entwicklung der Kryptowährungen aufgenommen. Bereits heute gibt es virtuelle Währungen, die in Verbindung zum aktuellen Goldpreis stehen. In der Entwicklung und kurz vorm Start ist auch ein spezieller virtueller Goldcoin, der akkurat mit Gold hinterlegt ist und somit als einer der stabilsten Coins angesehen werden kann. Dieser Coin, von dem man bis jetzt keinen offiziellen Namen kennt, gilt als neue Revolution und eine kombinierte Verbindung von Kryptowährung und dem Edelmetall. Dieser Coin wird im Jahr 2018 erwartet und kann eine neue Ära einläuten.

Ob als Schmuck, als Barren im Tresor, oder als Anleihe in Papierform, Gold spielt in der heutigen Zeit eine wichtige Rolle - kein Wunder also, dass auch Kryptowährungen von der Beliebtheit und der Stabilität dieses Edelmetalls profitieren möchten.

## Was ist FIAT Geld?

Jeder hat den Begriff FIAT im Zusammenhang mit Geld oder Kryptowährungen schon einmal gelesen und gehört. Im ersten Moment werden viele verwundert und verunsichert sein, was eine Automarke mit Geld zu tun hat. Dabei handelt es sich bei FIAT Geld jedoch um ganz simples Geld. Es wird hierbei auch häufig der englische Begriff Fiat money verwendet. Fiat Geld ist nicht an Rohstoffe wie Gold oder Silber und auch nicht an andere Währungen gekoppelt, es besteht von Seiten der ZentralBanken somit auch keinerlei Einlöseverpflichtung. Um es ganz simpel zu machen, das Geld der ZentralBanken, wie Euro oder Dollar, wird als Fiat Geld bezeichnet. Wenn Sie nun ihr Geld in Kryprtowährungen anlegen möchten, verwandeln Sie somit Fiat money in Kryptowährungen. Der Dollar oder der Euro wird in Bitcoin, Litecoin, Ethereum und Co umgewandelt. Haben Sie nun einen Gewinn durch Kurssteigerung erzielt und möchten diesen ausbezahlen, so wird die Kryptowährung wieder zurück in Fiat Geld verwandelt und Sie können sich den Betrag bequem auszahlen lassen. Es ist immer wichtig, nicht zu kompliziert zu denken. Fiat wird in vielen Foren und Plattformen zum Thema Kryptogold einfach gerne verwendet. Sie können für diesen Begriff aber jederzeit gerne Geld einsetzen. Wenn Sie also die Frage lesen „Wie bekomme ich dafür Fiat?“, so ist lediglich gemeint, wie und wo die Kryptowährung wieder zurück in altbewährtes Geld gewechselt werden kann.

Ein interessanter Ansatz ist, das Fiat Geld ist quasi aus dem Nichts erschienen und kann nach Belieben von den Banken gedruckt werden. Im Endeffekt ist Fiat Geld aber ein stoffwertloses Geld. Und genau dieses Geld ist das Objekt der Begierde für viele Menschen. Es wird bis an die Erschöpfung gearbeitet, um dafür einen Anteil an Geld zu erhalten. Denn nach wie vor ist Fiat Geld das einzig gesetzliche Zahlungsmittel. Ob nun in Dollar, Euro oder anderen Währungen bezahlt wird ist nebensächlich, Geld, das auf der Bank liegt und sich in der Geldbörse befindet, ist Fiat Geld. In kürzester Zeit aber haben sich auch Kryptowährungen zu offiziell anerkannten Zahlungsmitteln gemausert. Viele Firmen und Dienstleister bieten die Möglichkeit, mit Bitcoin zu bezahlen. Ob den neuen TV oder die Telefonrechnung, über ein Bitcoin Wallet kann alles beglichen werden. Ein neuer Trend, bei dem nicht mehr auf altbewährte Fiat Gelder zurückgegriffen werden muss.

## Warum vertrauen Menschen Geld?

Es geht hierbei nicht so sehr darum, wie sehr die Menschen Geld vertrauen, sondern welche Möglichkeiten sie haben. Viele Menschen wissen zwar, dass es die Möglichkeit gibt, das Geld in Gold oder Silber, Aktien, Fonds oder eben Kryptowährungen anzulegen, haben dazu jedoch keinen Bezug. Es ist üblich das Geld auf die Bank zu bringen, mit Dollar und Euro brav bar zu bezahlen und pünktlich die Zahlungen zu leisten. Bereits die Großmutter hat dies so vorgelebt und immer und überall suggerieren Banken und Staaten, dass es zur Pflicht der Bürger gehört, ordentlich zu sparen und das Geld auf die Bank zu tragen. Denn ohne Moos nix los und keiner kann ohne Geld existieren. Auch wenn oft scheinheilig behauptet wird, dass Geld nicht alles ist, aber ganz ohne Geld und arm wie eine Kirchenmaus ist alles nichts.

In Zeiten der Inflation und der enormen Minuszinssätze schwindet jedoch das Vertrauen in Geld und vor allem in die Banken merklich. Blickt man auf das Bankkonto, und dieses wird ohne Zutun, ohne Abhebung immer kleiner und kleiner, so entsteht eine gewisse Wut über diese Ungerechtigkeit. Dies ist auch der Zeitpunkt, an dem sich viele nach anderen Möglichkeiten umsehen. Hier ist es wichtig, dass jeder gut über sämtliche Möglichkeiten informiert ist. Es gibt natürlich

Varianten, um das hart ersparte Geld sicher und mit wenig Profit anzulegen, es gibt die Möglichkeit durch Risiko hohe Gewinne einzufahren, und es gibt die Möglichkeit das Augenmerk auf Kryptowährungen zu lenken. Hier kann nicht nur investiert und von den Kurssteigerungen profitiert werden, bei Kryptowährungen können sich alle, und das auch täglich, an der Herstellung neuer Coins beteiligen. Dazu kommen wir aber später in einem anderen Kapitel. Wichtig ist, dass Sie sich überlegen, ob sich das Geld tatsächlich Ihr Vertrauen verdient hat, und wenn nicht, warum Sie der Währung dennoch beinahe blind vertrauen.

## Die Begriffe zentralisiert und dezentralisiert

In Nationalbanken, Zentralbanken und zentralen Notenbanken werden sämtliche Belange rund um die Währung des Landes abgewickelt. Hier werden Gelder verwaltet und ausgegeben und natürlich auch sämtliche Transaktionen überwacht. Die Banken sind somit ein Überwachungs-Apparat. Bei allen Überweisungen, die über Banken und Konten, egal ob Online-Banken oder die Bank ums Eck, abgewickelt werden, spricht man von zentralisierten Abwicklungen. Die Bank hat die Entscheidungskraft und behält stets den alleinigen Überblick. Natürlich halten Banken bei den Überweisungen auch ordentlich die Hand auf und gerade bei kleinen Überweisungen bleibt vom ursprünglichen Betrag kaum noch etwas übrig. Es scheint als würden die Banken immer reicher, und das Volk immer ärmer werden.

Eine Dezentralisierung hat nun genau das Gegenteil zur Absicht. Bei einer Dezentralisierung wird nun zum Beispiel bei

Kryptowährungen die Bank außen vor gelassen. Dies schmeckt den Banken natürlich überhaupt nicht und gerade Banken haben in den letzten Jahren für viel negative Werbung gesorgt. In der Zwischenzeit ist ja bekannt, dass Banken offiziell gegen Kryptowährungen sind, aber zu den ersten zählten, die sich dick mit Bitcoins und Co eingedeckt hatten. Sogar von einigen durch Banken ausgelösten Panikverkäufen ist die Rede, von denen natürlich die Banken selbst am allermeisten profitieren konnten.

Die Transaktionen verlaufen bei Kryptowährungen nicht über die herkömmlichen Konten und die Entscheidungskraft liegt bei der Dezentralisierung bei vielen verschiedenen Personen. Das oberste Anliegen der Kryptowährungen ist es also, das Geld und die Transaktionen zu dezentralisieren, also von den Banken wegzuleiten. Durch die transparenten, sogenannten Open-Access-Registry Transaktionen sind die Banken nun überflüssig, der Geldverkehr dadurch aber nicht weniger sicher. Ganz im Gegenteil. Wo einst nur eine einzige Institution für die Sicherheit verantwortlich war, ist heute bei der Kryptowährung die Blockchain für die Sicherheit verantwortlich. Zur Blockchain und deren Aufgaben kommen wir in einem der nächsten Kapitel intensiv. Wem würden Sie nun also mehr vertrauen? Einem dicken Bankenchef, der sich offensichtlich auch gerne selbst die Taschen vollsteckt, oder einer riesigen Gemeinschaft, die zusammen jede einzelne Transaktion überwacht, überprüft und kontrolliert?

Eine kurze Zusammenfassung für zentralisiert und dezentralisiert:

Während bei einer Zentralisierung der Nutzer nur auf der Empfängerseite der finanziell-politischen Seite steht, da das Geld ausschließlich von den Banken und dem Staat verwaltet wird, gibt es bei dezentralisierter Währung keinen Mittelsmann. Alles wird Peer-to-Peer abgewickelt und von Nutzern auf der ganzen Welt selbst verwaltet. Dadurch können unter anderem viele Kosten eingespart werden. Transaktionen von einem Bitcoin auf den anderen schlagen mit schwindend geringen Kosten zu Buche und auch Kontoführungskosten und Ähnliches gehören bei dieser Variante der Vergangenheit an.

# Basiswissen zum Thema Kryptowährung

In diesem Kapitel wollen wir uns gleich mitten ins Geschehen stürzen und die wichtigsten Begriffe erklären. Bevor Sie in Kryptowährungen investieren, sollten Sie zumindest im Groben die Materie dahinter verstehen. Dies ist so besonders wichtig, da dadurch auch viele Ängste zum Thema Sicherheit beseitigt werden können. Notieren Sie sich Begriffe, die für Sie wichtig sind. falls Sie im Anschluss immer noch nicht alles verstanden haben, lesen Sie das Kapitel noch einmal oder googlen Sie die einzelnen Begriffe.

## Was ist eine Blockchain?

Blockchain ist der häufigste Begriff, der rund um das Thema Kryptowährungen auftritt. Blockchain kommt aus dem Englischen und bedeutet Block-Kette. Dies besagt, dass jedes Glied fest mit einem vorherigen Glied verbunden ist. Sämtliche neue Glieder schließen sich an und es entsteht eine sichere Gemeinschaft, die Blockchain. Dabei handelt es sich um eine nicht ganz neue Technologie, die für die Aufzeichnung von Transaktionen verantwortlich ist. Der wichtigste Punkt ist: Alles auf der Blockchain verankerte und notierte Material bleibt dort für die Ewigkeit bestehen. Es kann nichts gelöscht, verändert oder manipuliert werden. Sie kann also als Datenbank verstanden werden, die endlos sämtliche Aktionen speichert. Entsteht nun ein neuer Block, der angehängt werden will, so wird dieser erst überprüft und anschließend für die Ewigkeit verankert.

Als Erfinder der Blockchain Technologie gilt ein gewisser Satoshi Nakamoto, dieser ist auch der Erfinder der Bitcoins. Natürlich bleibt Nakamoto ein ewiges Mysterium, denn niemand kennt ihn wirklich und man weiß nicht, ob es sich hierbei um ein Synonym handelt. Doch dieses Geheimnis um seine eigene Person macht die Erfindung Blockchain nicht weniger interessant. Es spielt keine Rolle, ob es sich um eine Gruppe von Erfindern und Entwicklern oder um eine einzelne Person handelt - die Welt wurde durch den Bitcoin auf jeden Fall für immer verändert.

Satoshi Nakamoto erfand dieses öffentliche und ständig von der Gemeinschaft erweiterbare Kassenbuch. Die Blockchain ist somit auch die Mutter aller Kryptowährungen und ohne Blockchain gäbe es keine Bitcoins. Die Besonderheiten der Blockchain sind jene Punkte, dass diese fälschungssicher ist und nicht irgendwo auf einem Server liegt. Jeder kann sich die Blockchain in aller Gesamtheit herunterladen. Jede Transaktion ist kodiert und in einer konkreten Reihenfolge eingegliedert. Alles ist verschlüsselt und somit noch einmal gegen Manipulationen gesichert. Durch die Prüfung vor der Eingliederung in die Blockchain sind sämtliche Daten echt und müssen nicht von Dritten beglaubigt werden. Auch sind keine Verwalter und Mittelsmänner nötig. Die Blockchain ist auch eine wichtige Grundlage für sogenannte Smart-Contracts. Bei diesen Verträgen wird ebenfalls kein Mittelsmann oder Zeuge benötigt, da durch die Blockchain alles automatisch beglaubigt wird.

Das Ziel der Blockchain ist es, für einen Peer-to-Peer Handel zwischen den einzelnen Menschen zu sorgen. Die Blockchain verifiziert somit und sichert ab. Die Blockchain wird immer noch ständig weiterentwickelt, um sie zum Beispiel noch schneller zu machen. Diese Technologie ist aber garantiert eine Technologie mit enormem Potential und zeigt eindeutig die Richtung an, in die der Weg führt.

## Wie funktionieren Kryptowährungen?

Dies ist eine berechtigte Frage und Skeptiker bemängeln, dass Kryptowährungen wie Bitcoin und Co nicht materiell sind, nicht berührt werden können, und so deren Existenz schwer vorzustellen ist. Doch auch die größten Skeptiker können ihre Augen nicht vor der Entwicklung der digitalen Währungen verschließen und selbst an den entlegensten Orten dieser Welt sprechen die Menschen von der rasanten Entwicklung diverser Coins und vom immensen Wert des Bitcoins im Speziellen. Auch werden Sie häufig zu hören bekommen, dass der Bitcoin eine Blase ist. Die einzige Antwort die darauf passend ist wäre: „Ja eindeutig, aber eine schöne und sehr lukrative Blase mit einer enorm dicken Haut.“

Kryptowährungen funktionieren ohne Banken, ohne Staaten und nur durch die Arbeit der Nutzer. Knapp 1400 unterschiedliche Kryptowährungen sind derzeit auf dem Marktund beinahe täglich kommen neue Währungen, Coins und Token hinzu. Alleine dies gibt Aufschluss darüber, dass dieser Markt beliebt und wichtig ist. Firmen, Vereine, Organisationen und mehr nutzen diese Technologie und bauen Ihre Wirtschaftszweige in eine völlig neue Richtung auf.

Transaktionen finden von Bitcoin-Adresse zu Bitcoin-Adresse statt. Der User ist je nach Wallet relativ anonym. Lediglich die Zahlenreihen der Transaktionen können nachvollzogen werden. Diese Transaktionen sind für die Ewigkeit verankert, niemand kann jedoch sagen, wer, also welche Person, das Geld verschickt hat. Sämtliche Werte sind durch Codes und Kryptografien abgesichert. Jeden einzelnen existierenden Bitcoin oder auch die kleinen Teile des Bitcoins, Satoshis genannt, gibt es nur einmal. Jeder Verbleib der Werte ist vermerkt und bleibt für immer bestehen. Zwischen den einzelnen Wallets werden die virtuellen Währungen hin und hergeschoben, meist schneller und einfacher als bei Banküberweisungen, auf jeden Fall um einen enormen Teil günstiger. Diese Transaktionen sind tolle Alternativen zu Sofortüberweisungen und Zahlungen per Kreditkarte. Jeder, der ein Wallet besitzt, kann jeder Person, die ebenfalls ein Wallet besitzt, jederzeit und unabhängig von Geschäftszeiten, Feiertagen und Wochenenden den gewünschten Betrag überweisen. Geltend dafür ist immer der aktuelle Kurs der digitalen Währungen. Es ist nun also kein Problem mehr, an einem Sonntagnachmittag oder mitten in der Nacht in kürzester Zeit Geld von Asien nach Europa und weiter nach Amerika zu schicken. Innerhalb weniger Minuten hat die virtuelle Währung eine Reise um die Welt gemacht, ohne dafür ein Vermögen an Gebühren gekostet zu haben.

## Was ist der Private Key?

Um die Transaktionen durchführen zu können, wird nicht nur ein Wallet benötigt. Auf diesem Wallet muss sich natürlich ein Betrag in Bitcoins oder Altcoins befinden. Nun kann es auch schon mit der Überweisung losgehen. Der „Private Key“, der private Schlüssel, Geheimschlüssel oder auch Seed, also Saat, genannt, wird dazu verwendet, um Beträge zu versenden. Die geplante Transaktion wird mit dem Private Key unterschrieben. So wird die Transaktion an das Peer-to-Peer Netzwerk verschickt und der Empfänger erfährt davon. Der Empfänger sieht nun auch, welcher Betrag eingegangen ist. Der Empfänger besitzt jedoch nicht den Private Key. Nur mit diesem Schlüssel ist es möglich, Transaktionen durchzuführen. Daher ist es so wichtig, diesen Schlüssel niemals herauszugeben, zu verraten und ihn auch immer sicher zu verwahren. Ist jemand im Besitz dieses Schlüssels, kann er jederzeit ungehindert Transaktionen durchführen. Der Empfänger erhält nun den Betrag, der mit einer digitalen Signatur versehen ist. Nur mit dieser Signatur ist man auch Besitzer der Coins und kann diese auch wieder versenden, also damit bezahlen. Durch dieses Verfahren gilt die Überweisung von Bitcoins als sehr sicher. Sofern jeder auf seinen Private Key achtet, haben Hacker so gut wie keine Chance. Natürlich kommt es immer wieder zu sogenannten Phishing Versuchen. Das heißt jemand möchte auf subtile Art und Weise an den Private Key gelangen. Doch, genauso, wie man weder die Kontonummer, noch den Code für den eigenen Tresor preisgeben würde, sollte man auch den Private Key absolut geheim halten. Im Umgang mit Bitcoins und Altcoins ist somit eine große Eigenverantwortung gefragt, denn ist der Private Key weg und wurde missbraucht, so sind die Bitcoins weg. Mit dem Private Key wurden sie legitim versendet, auch wenn der Private Key nicht rechtmäßig im Besitz des Versenders war.Zum Öffnen benötigt der Empfänger den Public Key. Dieser wird auch mit dem Betrag versendet, um dem Empfänger die Möglichkeit zu geben, die Zahlung zu öffnen und zu verbuchen. Mit dem Public Key kann somit über die eingegangenen Bitcoins verfügt werden. Verschickt werden diese aber wieder mit dem eigenen Private Key.

## Was ist die Public Adresse?

Die Public Address, ist jene Adresse, die öffentlich eingesehen werden kann. Die Bitcoin Adresse oder Wallet Adresse besteht aus einer Reihe von 27 bis 34 Zeichen und Buchstaben. Eine Public Address ist mit einer E-Mail-Adresse oder einer Kontonummer zu vergleichen. Die Kryptowährungen werden an diese Adresse gesendet. Jeder kann so viele Bitcoinadressen besitzen, wie er möchte. Vorsicht jedoch: Die Keys sollten nicht vertauscht werden und je mehr Adressen, umso schneller können Sie auch den Überblick verlieren. Die Bitcoinadressen können sogar offline generiert werden. Dazu sind lediglich bestimmte Software Tools nötig. Wichtig ist, dass beim Versenden diese Adressen stets via Copy and Paste eingefügt werden. Da diese Adressen ziemlich lange sind, ist hier eine große Fehlerquote versteckt. Wird nur eine Ziffer falsch eingetragen, ist der versendete Betrag weg, da er an eine andere Adresse geschickt wurde. Anders als bei fälschlich unternommenen Überweisungen von einem Konto auf das andere, können Überweisungen von Bitcoins und Co nicht mehr rückgängig gemacht werden. Wer jedoch die Adresse ordentlich kopiert und einfügt, im Anschluss ein weiteres Mal kontrolliert, der kann diese Fehlerquelle selbst ausschließen.

# Das Mining

Nun sind wir bei einem besonders spannenden Thema angelangt, dem Bitcoin Mining. Jeder der Bitcoins oder Altcoins besitzen möchte, hat nicht nur die Möglichkeit, diese zu kaufen, sondern auch selbst zu erzeugen. Bei der Erzeugung von Bitcoins und Co spricht man von Mining. Das Erzeugen der Coins kann man sich als Arbeit in einem Bergwerk vorstellen. Beim Bitcoin Mining wird jedoch nicht mit körperlichem Einsatz, Schaufel und Harke, sondern mit dem Einsatz von Computerleistung gearbeitet. Wer also den Begriff Bitcoin Mining hört, weiß nun, es handelt sich um die Herstellung der Bitcoins. Hierbei ist es wichtig zu wissen, dass diese nicht unendlich erzeugt werden können, da diese auf 21 Millionen Stück limitiert sind. Daher werden auch die Aufgaben, rund um das virtuelle Mining immer Schwieriger und somit auch der Wert der Bitcoins theoretisch immer höher.

# Wie funktioniert Mining?

Aus dem Bitcoin Mining hat sich in der Zwischenzeit ein riesiger Markt entwickelt. Findige Geschäftsleute haben entdeckt, dass ein reges Interesse am Bitcoin Mining entstanden ist und bieten daher gemeinschaftliches Mining an. Viel Nutzer möchten jedoch privat und zu Hause das Mining betreiben. Dazu sind jedoch Rechner mit einer großen Leistung nötig und ein hoher Verbrauch an Strom ist einzuplanen. Ob sich das Minen alleine lohnt ist fraglich, muss jedoch von jedem selbst entschieden werden. Günstiger ist es meist, einen Mining Vertrag mit einer Firma abzuschließen. Hier gilt es aus dem dichten Dschungel der Anbieter zu wählen. Die wichtigsten Punkte, die zu überprüfen sind, handeln von Einschreibgebühren, Vertragsgebühren, Poolgröße und Laufzeit. Viele Firmen bieten Verträge für eine bestimmte Periode an, manche punkten mit einem sogenannten Lifetime Mining - einem Vertrag, der für die Ewigkeit gilt. Meist wird dieser auf eine Periode eingegrenzt, die besagt, dass das Lifetime Mining endet, sobald das Minen nicht mehr profitabel ist. Auch sollten die Einschreibgebühren gut verglichen werden und auch die Möglichkeit, in unterschiedliche Hardware zu investieren. Hierbei ist es wichtig, auf die Hashrate zu achten.

Beim Mining werden vom Computer sogenannte kryptographische Hashfunktionen ausgeführt. Die Hashfunktion stellt nun mittels Hash eine zufällig generierte Nonce, eine Nummer her. Nun muss mit diesen generierten Zahlen eine Lösung gefunden werden. Nur so kann ein neuer Block entstehen, der in die Blockchain eingefügt werden kann. Dies klingt überaus kompliziert und wird nicht verständlicher, wenn von Zielschwierigkeit gesprochen wird. Leicht verständlich ist es, wenn Sie sich vorstellen, der Erfinder von Bitcoin, Satoshi Nakamoto, hat eine gewisse Zeit gebraucht, um den ersten Block der Blockchain herzustellen. Diese Zeit gilt es nun zu unterbieten. Wer also die richtige Lösung mittels gefundener Zahlenreihe unter dieser vorgegebenen Zeit errechnet, der erhält als Belohnung einen neuen Block. Somit sind neue Bitcoins generiert worden. Da natürlich die Hardware und Software immer besser wird, werden auch die Schwierigkeitsstufen ständig angehoben. Alle 2016er Blöcke werden diese Stufen angepasst.

Generell bedeutet Mining, eine Rechenleistung in Bitcoins umzuwandeln. Bitcoin Miner sind virtuelle Gold-Schürfer aus aller Welt. Der Wert der generierten Bitcoins wird vom aktuellen Bitcoin Kurs bestimmt. Dieser setzt sich aus Angebot und Nachfrage zusammen. Rund um die Uhr arbeiten Miner daran, die Aufgaben zu lösen und die Ergebnisse in das virtuelle Kontobuch einzutragen.

# Welche Arten von Mining gibt es?

Jeder kann theoretisch zu Hause seine eigenen Bitcoins minen. Dafür werden natürlich verschiedene Komponenten von Hardware benötigt. Sogenannte professionelle Bitcoin Miner haben einen hochwertigen Asic Chip eingebaut, der lediglich für das Minen von Bitcoins geeignet ist. In diesem Zusammenhang sollten Sie sich für den sogenannten AntMiner interessieren. Dieser Miner wird nun via Internetkabel an den eigenen Router zu Hause angeschlossen und über den Webbrouse konfiguriert. Dieser Miner wird nun mit simplen Netzteilen für Computer betrieben. Effektiver und günstiger ist es jedoch, direkt mit dem Miner auch ein kompatibles Netzteil zu kaufen.

Ebenfalls toll für das kleine persönliche Mining geeignet ist der Raspberry Pi3. Dieser hat einen niedrigen Stromverbrauch und verfügt über einen Single Board Super Computer. Sie können damit mit der systemeigenen F`Grafikkarte minen, effektiver wird es jedoch, wenn Sie dazu eigens entwickelte ASIC USB-Miner verwenden. Wer zu Hause mit dem Mining beginnt, sollte sich nach kurzer Zeit und ersten Resultaten mit der Kosten- und Nutzenrechnung befassen. Auch wenn es verheißungsvoll klingt, eigene Bitcoins zu erzeugen, die in naher Zukunft eventuell um ein Vielfaches an Wert gewinnen können, müssen Sie sich ausrechnen, wie hoch der Bitcoin Kurs steigen müsste, damit Sie mit einem Gewinn aussteigen können. Dabei sollten Sie nicht nur die Preise für die Miner, Hardware und Software, sondern auch den zeitlichen Aufwand und vor allem die Stromkosten mit einbeziehen.

Fazit, worauf Sie beim Minen zu Hause achten sollten:

- Kosten der Hardware und Software
- Leistung und Haltbarkeit
- Stromkosten

# Das Cloud Mining

Nachdem man erkannt hat, dass es für Privatpersonen heutzutage kaum noch profitabel ist, privat und alleine zu Hause zu minen, hat sich das sogenannte Cloud Mining entwickelt. Das bekannteste Unternehmen, welches diese Idee aufgegriffen hat, ist unter anderem die Firma Genesis Mining. Diese Firmen suchten nach einem geeigneten Ort, an dem Sie sogenannte Mining Farmen errichten konnten. Ausschlaggebend dafür waren die Temperaturen, also die Möglichkeiten zur Kühlung und die Kosten für Energie. In Island waren beide Voraussetzungen geradezu optimal, und schnell wurden von Cloud Mining Firmen tausende von ASIC Mining-Geräten aufgebaut und installiert. Die ersten Mining Farmen waren entstanden. Kunden haben nun die Möglichkeit, die Hashpower, also die Kraft der Rechner zu mieten, und an den Erträgen mitzuschneiden und zu profitieren. Hierbei kann jeder selbst entscheiden, wie viel Leistung er mieten möchte. Niemand muss einen ganzen Mining Computer mieten. Die Erträge werden stets anteilsmäßig berechnet und ausbezahlt. Da diese Firmen mit den Mieten der Minern Software und Hardware in großen Mengen kaufen kann, werden auch günstigere Preise erzielt. Die Geräte können ständig aktualisiert und neueste Technologien eingesetzt werden. Der Vorteil gegenüber dem Mining von zu Hause aus ist, es fallen keine zusätzlichen Kosten für Strom und Wartung an und auch um Reparaturen und Aktualisierung muss sich niemand selbst kümmern. Natürlich machen diese Cloud Mining Firmen dies nicht uneigennützig, sondern profitieren ebenfalls vom Profit. Dennoch bleibt unterm Strich ein lukrativer Betrag übrig und

Cloud Mining ist gegenüber dem Minen von zu Hause aus eher zu empfehlen. Beim Cloud-Mining können die privaten Nutzer nicht nur Bitcoin, sondern auch Ethereum, Monero, Dash und viele virtuelle Währungen mehr schürfen.

Das Cloud Mining wird sehr simpel gestartet. Der erste Schritt ist, sich ein Bitcoin Wallet einzurichten. Danach wird bei einer beliebigen Firma für Cloud Mining ein Miner angemietet, das virtuelle Schürfen kann beginnen und täglich werden die Bitcoins oder Altcoins auf dem eigenen Bitcoin Wallet gut geschrieben.

## Investieren in Cloud Mining oder Mining Pools

Wer sein Geld auf lange Zeit in Bitcoins und Altcoins investieren möchte, der ist mit Cloud Mining und Anteilen an Mining-Pools gut beraten. Natürlich gibt es die Möglichkeit mit Coins und Token zu handeln, doch fürs profitable Traden benötigt man Erfahrung und auch Zeit. Gerade der, der im Moment seine ersten Schritte auf dem Parkett der Kryptowährungen unternimmt, der sollte mit dieser eher unverfänglichen und sicheren Möglichkeit beginnen. Beim Cloud Mining und Pool Mining sind die Profite berechenbar und jeder kann sich vor seinem Investment den ROI, den Return of Invest, ausrechnen und dementsprechend entscheiden.

## Kann man mit dem Minen von Bitcoins und Altcoins Geld verdienen?

Die erste und ehrliche Antwort ist „Ja“, wenn man weiß wie. Wer zu Hause in den eigenen vier Wänden ein Mining betreiben möchte, der muss sich selbst ausrechnen, ob der Ertrag nach Abzug sämtlicher Kosten und Nebenkosten noch profitabel ist. Investiert man jedoch in Mining Pools oder Cloud Mining, so ist das Ergebnis im Vorfeld einfach zu berechnen. Natürlich ist es auch hier so, je größer das Investment, desto höher auch der Profit. Die geminten Bitcoins können anschließend auf dem eigenen Wallet liegen gelassen werden und von eventuellen Kurssteigerungen profitiert werden. Viele aber setzen auf Re-Investment und kaufen mit den neu erzeugten Bitcoins weitere Pools und Anteile am Cloud Mining. Auch können, nachdem der Return of Invest erreicht ist, die Bitcoins in realer Währung ausbezahlt werden. Return of Invest ist deshalb so wichtig, da man nur so den Überblick über seine tatsächlichen Gewinne erhält. Viele nutzen die selbst erzeugten Bitcoins auch, um die ersten Schritte beim Bitcoin Trading zu wagen. Mit den Profits lässt sich sehr einfach spekulieren und die anfänglich vorprogrammierten Verluste im Zaum halten.

Wer sein Geld in Bitcoins und Altcoins investieren möchte, der sollte dies jetzt tun. Noch ist es nicht zu spät und die Entwicklung und Prognosen sagen eine rosige Zukunft voraus. Natürlich ist es auch immer wichtig zu sagen, dass ein gewisses Restrisiko immer bleibt und jeder für sein eigenes Investment selbst verantwortlich ist.

Sehr beliebt sind auch binäre Cloud Mining Firmen oder Pool Mining Firmen, die zusätzlich mit den geminten Bitcoins und Altcoins noch mit Empfehlungsbonis locken. Hier werden die Miner für Empfehlungen belohnt und können sich so ein Team von Menschen aufbauen, die ebenfalls die Lust und Leidenschaft am Bitcoin Mining teilen. Auch hier gibt es unzählige Anbieter und Firmen. Wichtig ist, dass Sie die Gebühren, die Laufdauer, die Hashrates und die prognostizierten Resultate vergleichen und sich anschließend entscheiden. Gerade hier ist es wichtig, sich auf bekannte, lang existierende Firmen zu verlassen und nicht jene Firma zu wählen, die mit dem größten Profit winkt. Lassen Sie Ihren Hausverstand mitentscheiden. Wenn etwas zu gut klingt, um wahr zu sein, sammeln Sie am besten Erfahrungen von anderen, bevor Sie miteinsteigen.

## Welche Arten von Mining Rechnern gibt es?

Mit einem effizienten Mining Rechner steigen natürlich auch zu Hause die Chancen auf Profit. Wer sein Geld absolut keiner Fremdfirma anvertrauen möchte, zum Traden mit Bitcoins und Altcoins keine Zeit hat, sich aber dennoch am Kuchen der Kryptowährungen beteiligen will, der sollte sich zumindest einen optimalen Mining Rechner zulegen. Dabei kommt es auf eine gute ASIC Hardware an. Asic ist die Abkürzung für Application Specific Integrated Circuits und sind sogenannte private Bitcoin Generatoren. Die Technologien verändern sich ständig und Sie sollten sich vor dem Kauf angemessen von Profis beraten lassen. Zur Zeit zählen AntMiner S5, S7 und S9 zur besten Hardware. Auch der Avalon 6, der SP 20 Jackson oder der AntMiner R4 sind Bitcoin Miner, die einen gewissen

Profit versprechen, sofern auch die übrigen Komponenten wie Energiekosten stimmen. Bevor Sie sich einen Mining Rechner für zu Hause kaufen, sollten Sie folgende Faktoren berücksichtigen und abchecken:

- Hash Rate
- Effizienz
- Preis

Achten Sie darauf, wie viele Hashs der Bitcoin Miner pro Sekunde leisten kann. Von Effizienz spricht man, wenn ein Miner möglichst viel elektrischen Strom in Bitcoins umwandeln kann. Auch der Preis des Miners spielt eine große Rolle. Lassen Sie sich nicht von billigen Lockangeboten verleiten, ohne die anderen zwei Aspekte zu überprüfen. Oft ist es für den Anfang ratsam, sich einen gebrauchten Bitcoin Miner zuzulegen. Diese sind in Massen auf Plattformen wie eBay zu erhalten. Im Vorfeld ist es wichtig, den Profitabilitätsrechner zu verwenden und hier unbedingt die Kosten für Strom mit einzurechnen. Vergessen Sie auch nicht das nötige Zubehör, denn nur mit dem Rechner ist es nicht getan. Sie brauchen einen Adapter, um den Bitcoin Rigs den Strom optimal und effizient zuführen zu können. Auch eine Kühlung ist enorm wichtig. Sie werden schnell merken, wie rasch sich die Bitcoin Hardware überhitzen kann.

## Proof of stake - Proof of work und Proof of importance

Diese drei Begriffe hört man sehr oft und nur selten können

diese wirklich gut erklärt werden. Bei Proof of Stake und Proof of Work handelt es sich um Protokolle. Hierbei handelt es sich um Verfahren, damit die User der Blockchain eine Einigkeit und eine Übereinstimmung der Blöcke erhalten. Der Proof of Stake ist ein Algorithmus, der durch Token erzeugt wird, die sich in einem Wallet befinden. Besitzt man 1% aller Einheiten einer bestimmten Kryptowährung, so können mit dem Proof of Stake 1% aller Transaktionen validiert werden. Wird nun eine neuer Block erzeugt, so wird ein neuer Token generiert und dieser unter Berechnung der Anteile und der Dauer des Besitzes ausgeschüttet. Stratis, EOS, Reddcoin und BlackCoin basieren unter anderen Coins auf dem Proof of Stake. Ganz einfach erklärt besagt der Proof of Stake, dass nur die Anzahl der Coins zählt, die man besitzt.

Proof of Work, also der Beweis für Arbeit, ist wichtig für den Aufbau der Blockchain. Durch das Lösen der Aufgaben wird ein neuer Block generiert und dafür mit einem Bitcoin oder Token belohnt. Neben Bitcoin und Ethereum sind auch Monero und Litecoin auf dem Proof of Work aufgebaut.

Beim Proof of Importance handelt es sich um ein System der Konsensfindung. Auch hier geht es darum, anhand des Algorithmus Token zu generieren. Hier steht die Wichtigkeit, also die Importance des Users, im Vordergrund. Während beim Proof of Work die Power des Rechners, also die geleistete Arbeit, zählt, profitieren hier User, die bereits große Mengen an Token besitzen.

# Die Lagerung von Kryptowährungen

Nun haben Sie bereits erfahren, wie Sie Bitcoins und Altcoins minen können und was Sie dazu benötigen. Ohne einem Wallet jedoch können Sie Ihre Kryptowährungen nicht lagern, empfangen und versenden. Doch was ist überhaupt eine Bitcoin Wallet?

Sie müssen sich das Bitcoin Wallet als virtuelles Konto oder als virtuelle Geldtasche vorstellen. Vom Wallet aus können Sie sämtliche Transaktionen unternehmen und auch jederzeit Geld empfangen. Sie können hier die Coins auch einfach nur lagern. Die Coins, egal ob Bitcoin oder Altcoins sind darauf stets so viel wert, wie der aktuelle Tageskurs aussagt. Jeder, der die Wallet Adresse kennt, kann auch auf das Wallet zugreifen und sich zum Beispiel den Kontostand ansehen. Versendungen sind nur mit dem Private Key möglich. Auf einem Wallet sind keinerlei persönliche Daten gespeichert. Diese virtuellen Konten sind somit absolut anonym. Lediglich zum Anlegen eines Wallets benötigen Sie je nach Anbieter einen amtlichen Ausweis, eine Skype Adresse oder Telefonnummer. Sie können sich so viele Wallets anlegen, wie Sie möchten. Es ist auch durchaus ratsam, nicht das gesamte Vermögen an Bitcoins und Altcoins auf einem Wallet zu lagern. Es ist zu empfehlen, dass Sie zum Beispiel ein eigenes E-Wallet für Ihre mobilen Geräte besitzen. Damit können Sie bequem immer und überall von unterwegs bezahlen.

# Welche Arten von Wallets gibt es?

Es gibt viele verschiedene Arten von Wallets. Es gibt unzählige Plattformen, die sogenannte Wallets anbieten. Diese haben auch unterschiedliche Funktionen und Größen.

Sie können sich entscheiden zwischen folgenden Wallets:

- Hardware Wallets
- Software Wallets
- Web oder Online Wallets
- Mobile Wallets
- Paper Wallets

Ein Hardware Wallet ist ein Gerät, wie ein USB-Stick, auf welchem Ihr Wallet abgespeichert ist. Sie können dieses Gerät immer bei sich tragen und auch nach Wunsch im eigenen Tresor aufbewahren. Um an das Bitcoin Konto zu gelangen, muss dieser USB-Stick mit Ihrem Computer verbunden werden. Dies ist die wohl sicherste Art, die Bitcoins und Altcoins aufzubewahren. Sie lassen sich gut schützen und sichern und auch wenn Sie den USB-Stick verlieren, ist Ihr Wallet immer noch mit einem Pin geschützt und Sie können mittels Backup auf Ihr Konto zugreifen. Diese Wallets wie Ledger Nano, KeepKey, Trezor und ähnliche sind jedoch nicht kostenlos. Sie sind meist zu einem Preis von 50 Euro bis 100 Euro von den jeweiligen Anbietern direkt zu bestellen. Manches Mal kann es ab Bestellung zu einer längeren Wartezeit kommen, da diese Geräte im Augenblick sehr gefragt sind.

Für ein Software Wallet müssen Sie sich lediglich die benötigte Software herunterladen. Hier gibt es unzählige Anbieter und die unterschiedlichen Software Wallets haben verschiedene Features. Immer aber zeigen Sie den Kontostand, den Verlauf der Transaktionen und den aktuellen Tageskurs an. Vergleichen Sie die Wallets, bevor Sie sich für eines entscheiden.

Web Wallets sind den Software Wallets sehr ähnlich, jedoch werden hierfür Anbieter beauftragt, welche die Konten verwalten. Diese haben rein theoretisch auch immer die Möglichkeit, Ihr Konto einzusehen und darauf zuzugreifen.

Mobile Wallets sind ideal für unterwegs. Hier kann an jedem Ort der Kontostand überprüft und Transaktionen getätigt werden. Die Apps werden bequem auf das Telefon installiert. beim Abrufen des Kontostands und beim Tätigen von Überweisungen wird jedoch nie die gesamte Blockchain geladen.

Ein Paper Wallet, also ein Wallet in Papierform, ist toll, günstig und sicher. Auf Papier haben Sie die beiden QR Codes, die jeweils Ihren Private Key und Ihren Public Key enthalten. Vorsicht jedoch, wenn Sie dieses Papier verlieren - wenn Sie kein Backup haben, sind Ihre Bitcoins auf dem Konto verloren. Ein großer Vorteil aber ist, dass Ihre Keys niemals digital gespeichert werden und Sie somit Hackern absolut keine Chance schenken. Viele dieser QR Codes zum Erstellen eines Paper Wallets sind sogar kostenlos erhältlich.

# Was ist eine Exchange?

Eine Exchange ist ein digitaler und virtueller Marktplatz. Hier werden Kryptowährungen zum Kauf und Verkauf angeboten. Hier kann sowohl mit Fiat Geld, aber auch mit Bitcoins und Altcoins bezahlt werden. Hier kann mit sämtlichen Coins gehandelt werden und Altcoins zu günstigen Preisen angekauft und später wieder mit Profit verkauft werden. Es gibt unterschiedliche Exchanges und jede bietet verschiedene Coins an. Gehandelt wird hier wie an der Börse und es entscheidet lediglich der eigene Wille über Kauf und Verkauf. Hier finden die Trader Einsicht in das Orderbook und diverse Statistiken und Kurven können eingesehen werden.

Um auf einer Exchange kaufen und verkaufen zu können, muss der User registriert sein. Dafür müssen sich die Anwender meist mit einem amtlichen Lichtbildausweis verifizieren. Nach erfolgreicher Registrierung und Bestätigung kann es auch schon los gehen. Natürlich muss das Konto auf der Exchange zuerst bestückt werden. Geld wird mittels Banküberweisung, Bezahlung mit Kreditkarte, Sofortüberweisung oder mittels Bons getätigt. Hier bieten unterschiedlichste Exchanges auch verschiedene Möglichkeiten an. Auch die Auszahlungen können auf unterschiedliche Arten getätigt werden. Für sämtliche Transfers und Überweisungen werden natürlich Gebühren fällig und Sie sollten vor Anmeldung die unterschiedlichen Gebühren vergleichen. Meist ist es kostengünstig, eine Exchange zu wählen, welche die jeweilige Landeswährung akzeptiert. So sollte in Europa eine Exchange mit Eurokurs gewählt werden, während man sich in den USA auf einer Exchange mit Dollar als Währung anmeldet. Gegen eine zusätzliche Gebühr bieten viele Exchanges auch die Möglichkeit an, ein eigenes Wallet zu eröffnen. Zu den beliebtesten Exchanges zählen Coinbase, Binance, Bittrex, Admiral Markets, Avatrade, Bitfinex, Kraken, Poloniex, Markets.com und GKFX.

# Was sind die Forks?

Eine Fork ist eine Gabelung und im Zusammenhang mit Kryptowährung bedeuten diese Gabelungen eine Weiterentwicklung von Open Source Software. Lädt man sich diese Open Source Software, die für jedermann zugänglich ist, herunter und beginnt diese zu modifizieren, hat man quasi eine Fork erstellt. Dadurch können stets neue Funktionalitäten hinzugefügt werden und die unterschiedlichen Coins können in verschiedene Richtung gehen.

Auch bei der Bitcoin Blockchain spricht man von einem offenen Quellcode. Dieser kann nun von jedem Entwickler heruntergeladen und modifiziert werden. Dies geschieht jedoch nicht aus Jux und Tollerei, sondern hat immer einen Hintergrund und einen Sinn.
Der Ausgang ist die allgemeine Bitcoin Blockchain. Nun wünschen sich gewisse Nutzer eine neue Funktionalität, die diese auch entwickeln konnten. Das kann zum Beispiel eine Erhöhung der Blockgröße oder eine Idee zur Lösung von Kapazitätsproblemen sein. Nun kopieren diese Nutzer und Entwickler die aktuelle Bitcoin Software der Blockchain und modifizieren diese nach Belieben. Nun wird diese neue Software auch anderen Nutzern zur Verfügung gestellt und diese können entscheiden, welche sie in Zukunft benutzen möchten. Nun gibt es unterschiedliche Arten der Forks, auf die wir nun näher eingehen möchten.

## Die Soft Fork

Bei dieser Variante arbeiten alte und neue Nodes weiterhin gut miteinander. Eine Soft Fork wird durch Abwärtskompatibilität beschrieben und im Netzwerk arbeiten sowohl Nutzer mit der alten, als auch mit der neuen Software. Die Nutzer der neuen Software setzen auf ihre Entwicklung und wenden diese beim Erstellen der neuen Blöcke an.

## Die Hard Fork

Diese Gabelung ist nicht von Abwärtskompatibilität beschrieben und gilt als mögliche harte Herausforderung. Hierbei müssen die bestehenden Nodes ihre Software updaten, um die neu entstandenen Blöcke berücksichtigen zu können. Bei einer Soft Fork ist dieses Update nicht nötig, da diese dank der Kompatibilität mit berücksichtigt werden können. Durch diese Unstimmigkeit in der Kompatibilität wird das Netzwerk praktisch gespalten. Nutzer, die sich für die neue Version entschieden haben, arbeiten nun auf einer anderen Blockchain. Die neuen und die alten Nodes gehen von nun an getrennte Wege und eine neue Blockchain ist entstanden.

## Erklärung anhand eines Beispiels

Dies ist ohne Anschauungsmaterial relativ schwierig zu verstehen. Stellen Sie sich nun im Team Bitcoin aber verschiedene Arbeitsgruppen vor. Ein Team nennt sich Bitcoin Core und schlägt nun eine Änderung vor. Diese Änderung kann jedoch nicht allein vom Team Bitcoin Core durchgeführt werden. Auch die Meinung der Miner muss berücksichtigt werden. Diese müssen sich entscheiden, welcher Blockchain sie nun folgen. Dies ist ein wichtiges Merkmal der Dezentralität - die Kompetenz der Entscheidung liegt bei den Minern. Das Team Bitcoin Core will natürlich die eigene Meinung durchsetzen und pitcht immer wieder die Miner an. Nur so kann später auf Akzeptanz und Annahme gehofft werden.

Ein gutes Beispiel war auch der Split der Ethereum Blockchain, der sich zwischen Ethereum und Ethereum Classic abgespielt hat. Als der DAO Hack verbucht werden musste, entstanden Diskussionen in der Community, ob und wie man den Transfer der gehackten Coins wieder rückgängig machen könnte. Es entstand der Vorschlag, sich auf eine Blockchain zu einigen, die diesen ungeplanten und ungewollten Transfer nicht beinhaltet. Eine Gruppe war der Meinung, dass der Hacker seine erbeuteten Coins behalten sollte, während die andere Gruppe darauf bestand, diesen Angriff rückgängig zu machen. Natürlich waren beide Meinungen in keinster Weise kompatibel und eine Hard Fork war unumgänglich. Da sich nicht alle 100% der Teilnehmer auf eine Version einigen konnten, kam es zum Split der Blockchain. Nun existierten also zwei Versionen. Bei der Version Ethereum Classic ohne Hard Fork verblieben die gestohlenen Coins im Besitz des Hackers, während bei Ethereum mit Hard Fork die Transaktionen rückgängig gemacht wurden.

### Miner Activated Fork

Bei dieser Fork entscheiden die Miner, dass eine Fork durchgeführt werden soll. Dafür werden die Informationen dafür an die bestätigten Blöcke angehängt. Es werden die letzten gefertigten 1000 Blöcke beachtet. Hat nun die Mehrheit von 75% diese Information angehängt, so wird der Änderung auf die neue Version zugestimmt. Beinhalten sogar 95% der gefertigten Blöcke diese Information, so werden sogar sämtliche Blöcke mit der alten Version abgewiesen.

### Miner Activated Soft Fork

Bei der Miner Activated Soft Fork, kurz MASF, gilt das Stimmrecht den Minern mit deren Rechenpower. Dieser Prozess ist besonders effizient, da nach Durchführung die Full Nodes diese Änderung übernehmen können. Ein Risiko jedoch ist, dass nach der Soft Fork die Miner mit der alten Version weiter arbeiten, da man sich hier ausschließlich auf die Aussagen der Rechenpower verlässt.

### User Activated Soft Fork

Bei der User Activated Soft Fork, kurz UASF, wird die Fork durch eine mehrheitliche Entscheidung unter den Full Nodes herbeigeführt. Es wird ein bestimmtes Datum veranschlagt. Zu diesem Datum muss für eine Durchführung die Mehrheit der Full Nodes zustimmen. Nur so kann diese Fork zustande kommen.

## Was passiert bei einer Fork mit dem Coin?

Eine Fork muss sich in keinster Weise negativ auswirken. Im Gegenteil, man kann sogar sehr gut von diesen Splittungen profitieren. Rund um das Thema Splits stehen viele Schlagwörter im Raum. Dabei wird häufig von Bitcoin Cash, Bitcoin Gold, Bitcoin Segwit 2x und vielen mehr gesprochen.

Bei der Änderung der Protokolle in der Blockchain werden spezielle Eigenschaften modifiziert. Bei der Gabelung entstehen nun zwei Blockchains, deren Weg in verschiedene Richtungen führt. Nach einer Gabelung können die Informationen der einzelnen Blockchains nicht mehr ausgetauscht werden.

Hintergründe einer Hard Fork können sein, dass Änderungen an der Blockgröße gewünscht sind und den Transaktionen somit wieder mehr Geschwindigkeit verliehen werden soll. Ein weiterer Hintergrund, wie zum Beispiel bei Bitcoin Gold, war, den Bitcoin wieder mehr zu dezentralisieren. Verfechter dieses neuen Protokolls sind der Meinung, das Mining sei für den Otto Normalverbraucher mittlerweile zu teuer und befürwortet ein GPU Mining, das für jedermann erschwinglich ist.

**Vorteile einer Hard Fork für den User**

Neben Verbesserungen im System sind es auch die Anteile der Coins, die man nebenbei erhält. Besitzt der User einen Bitcoin oder auch nur einige Satoshis zum Zeitpunkt der Hard Fork, so werden diese im gleichen Ausmaß auch als neuer Coin gutgeschrieben. Voraussetzung ist, dass die Bitcoins auf einem Wallet liegen, die dieses System unterstützt. Das heißt zum Zeitpunkt der Hardfork, liegt ein Bitcoin auf dem Wallet, wird auch ein Bitcoin Cash gutgeschrieben. Diese Abwicklung erfolgt bei sämtlichen Hardforks. Auch wenn der neue Coin vielleicht nicht annähernd einen ähnlichen Wert hat, der mit einem Bitcoin zu vergleichen ist, so ist es dennoch geschenktes Geld. Mit diesem Coin kann gehandelt werden, er kann aber auch gehalten und auf eine Kurssteigerung gehofft werden.

## Wie verhält man sich bei einer Hard Fork?

Eine Hard Fork entsteht nicht aus heiterem Himmel und meist gibt es lange vor einer bevorstehenden Gabelung genügend Informationen und auch einen voraussichtlichen Termin. Aus der Vergangenheit wissen wir, dass manche Forks zwar nicht oder erst später durchgeführt werden, jeder sollte sich jedoch auf eine geplante Fork vorbereiten. Auf Webseiten wie Coinigy zum Beispiel erhalten die User wertvolle Informationen, wie die unterschiedlichen Exchanges und Plattformen zu den jeweiligen Hard Forks stehen. Während einer Hard Fork sind generell Bitcoins sicher, die mit einem Private Key abgesichert sind. Als Vorsichtsmaßnahme sollten einige Stunden vor und nach einer geplanten Hard Fork keine Transaktionen durchgeführt werden. Dies dient lediglich der eigenen Sicherheit, denn gerade während laufender Updates kann es zu ungewolltem Verschwinden von Coins und Transaktionen kommen. Nach kurzer Zeit, meist bereits nach einem Tag, hat sich das Netzwerk wieder soweit erholt, dass sämtliche Transaktionen wieder stabil und ohne Komplikationen durchgeführt werden können.

Ein weiterer Vorteil einer Hard Fork ist, dass im Anschluss der Bitcoin Kurs rapide steigt. Dies hat vielleicht auch damit zu tun, dass vor einer Hard Fork noch Bitcoins gekauft werden, um von der Hardfork selbst und den gratis Coins zu profitieren. Ein User alleine bewirkt dies nicht, der Zusammenschluss an

Bitcoin Fans rund um den Globus kann dies jedoch durchaus fertig bringen. Auch hier bestimmen wieder Angebot und Nachfrage den Kurs.

**Was ist die Sybil Attacke?**

Unter der Sybil Attacke ist in der Computersprache ein Angriff auf die Sicherheit von Peer-to-Peer Netzwerken zu verstehen. Dazu werden falsche Identitäten erstellt, um zum Beispiel Abstimmungen und die Organisation des Netzwerks zu beeinflussen. Ziel einer Sybil Attacke ist es, das Netzwerk gezielt zu verlangsamen oder die Vernetzung innerhalb des Netzwerks zu zerstören.

Der Hacker bemächtigt sich dafür sehr vieler Pseudonyme, die er schlichtweg stiehlt. So kann er wie mehrere Peers erscheinen und einen großen Einfluss auf das Netzwerk erlangen. Ein System gilt als besonders sicher, wenn es sehr schwer ist, falsche Identitäten zu generieren.Manche Systeme können sich auch als Sybil-free bezeichnen. Durch zentrale Zertifizierungen und Authentifikationen können Sybil Attacken im Vorfeld verhindert werden. Dabei kann natürlich ein Teil der gewünschten Anonymität verloren gehen, doch jeder User kann und muss selbst entscheiden, ob Sicherheit oder totale Anonymität für ihn einen höheren Stellenwert hat.

**Die 51% Attacke**

Jede Bitcoin Infrastruktur besteht aus Nutzern und deren Bitcoin Wallets. Auch die Miner machen zusammen mit den

Nodes einen Teil dieser wertvollen Infrastruktur aus. Um die Transaktionen zu verwalten und das Netzwerk der Bitcoins aufrecht zu erhalten sind die Nodes verantwortlich. Durch die Nodes wird garantiert, dass sämtliche Transaktionen den Regeln entsprechend durchgeführt werden. Miner fassen die Blöcke zusammen und fügen diese in die Blockchain ein. Zusammen entsteht eine gleichmäßige und sichere Blockchain. Bei einer 51% Attacke versucht nun der Hacker als Angreifer 50% der Miner zu stellen. So versucht nun der Angreifer, falsche Blöcke in die Blockchain zu schleusen. Ist somit die Hashrate und somit die Kraft des Hackers gleich groß mit der Hashrate der übrigen Community, so stehen die Chancen 1:1, dass er die Blockchain nach seinem Belieben verändern kann. Die Gefahr eines 51% Angriffes ist, dass der Hacker sogenannte Double Spending Transactions durchführen könnte. Dabei kehrt der Angreifer Transaktionen um und leitet diese auf sein Wallet oder auch an eine x-beliebige Adresse. Dadurch würde das System komplett durcheinander gebracht. Transaktionen könnten verhindert oder unbestätigt werden. Zahlungen könnten gesperrt werden und User somit auf das Abstellgleis geschickt werden. Miner können durch diesen Angriff vom Generieren der Blöcke abgehalten werden und der Hacker kann diesen Bonus für sich selbst erreichen. Eine 51% Attacke ist also durchwegs ernst zu nehmen. Daher ist es wichtig, die Blockchain immer zu kontrollieren und zu überprüfen, welche Mining Pools wie oft Blöcke eintragen. Wenn eine besondere Dichte an Blöcken von einem einzigen Pool ausgehen, so ist Vorsicht geboten. Durch ein wachsames Auge kann diesem Angriff der Wind aus den Segeln genommen werden. Nur durch Vorsicht können Attacken auf die Blockchain vermieden werden. Ist diese Vorsicht und Kontrolle geboten, ist die Blockchain tatsächlich so sicher, wie man vermuten möchte.

## Quantencomputer und die Blockchain

Schon heute warnen Computerwissenschaftler und -forscher davor, dass in etwa 9 Jahren der Quantencomputer die Blockchain knacken könnte. Bereits im Jahre 2027 könnten diese hochentwickelten Computer in der Lage sein, die verschlüsselten Signaturen der Hashtag Algorithmen zu knacken. Damit wären nicht nur Bitcoins, sondern auch viele der Altcoins in Gefahr. Dies setzt natürlich voraus, dass die Quantencomputer technologisch im selben Tempo weiterer entwickelt werden als bisher. Bis zum heutigen Zeitpunkt ist alles nur eine Theorie, doch jeder, der sich für Bitcoins und alternative Coins interessiert, sollte sich auch über die möglichen Schwachpunkte und Risiken bewusst sein. Vor allem der Public Key könnte zur empfindlichen Angriffsfläche werden. Doch auch dafür gibt es heute schon eine Lösung und eventuelle Vorsichtsmaßnahmen. Das wichtigste wäre in diesem Fall auf eine Blockchain mit Proof of Work Background überzugehen. Bereits heute bieten dies Momentum, Cuckoo Cycle, Equihash und viele mehr. Diese bieten Verifikations-Verfahren, die auch in 10 Jahren noch von keinem Quantencomputer gelöst werden können. Auch sollten vermehrt sogenannte gitterbasierte digitale Signaturen wie Dilithium verwendet werden. Trotz aller Panik, die vielleicht jetzt aufgestiegen ist, die Theorie der Quantencomputer, die sämtliche Signaturen und Keys knacken, ist nur eine mögliche Annahme und Zukunftsmusik. Dennoch ist es gut, sich im

Vorfeld auf sämtliche, mögliche Angriffe vorzubereiten und abzusichern.

## Die breite Palette der Altcoins

Inzwischen haben Sie bereits viel über den Bitcoin und einige Altcoins gehört. Sämtliche knapp 1400 Altcoins stellen eine Alternative zum Bitcoin dar. Natürlich entwickeln sich nicht alle Coins gleich und neben absoluten Siegern gibt es auch absolute Verlierer. Doch einige dieser Coins haben absolutes Potential, um in naher oder auch ferner Zukunft dem Bitcoin durchaus zur Konkurrenz zu werden. Eine Vielzahl dieser Altcoins basiert auf den gleichen Grundlagen, auf der Blockchain. Dies ist überhaupt kein Problem, da es sich hierbei um eine Open Source, also um ein für jeden zugängliches Material handelt. Durch diese Open Source ist es generell jedem möglich, seine eigenen Coins oder Token zu produzieren und diese im Anschluss zu vermarkten. Ein gewisses Know-how ist dabei natürlich Voraussetzung. Einige Altcoins unterscheiden sich vom Bitcoin jedoch gravierend durch den Algorithmus. Neben dem SHA256 Algorithmus werden auch sogenannte Scypt Algorithmen verwendet. Ein weiterer Unterschied sind die verschiedenen Auflagen. Manche Coins sind wie der Bitcoin limitiert, andere wieder können unlimitiert produziert werden. Von einigen Coins kommen bereits von Anfang an sämtliche verfügbaren Coins auf den Markt. Den Preis bestimmt auch bei den Altcoins Angebot und Nachfrage. Der beste Coin ist nichts wert, wenn ihn niemand kaufen möchte. Auf der Internetseite „Coinmarketcap“ kann jeder jederzeit die Liste aller verfügbaren Coins sehen. Durch das Anklicken der einzelnen Coins können Sie sich auch immer wertvolle Informationen zu den einzelnen Coins und Token holen. Bevor Sie sich zu einem Kauf entschließen, können Sie sich in Ruhe die Webseite der einzelnen Coins ansehen. Hier erfahren Sie wichtige Hintergrundinformationen und welche Technologien hinter den einzelnen Coins stehen. Sie erfahren, wer hinter den Coins steckt und wofür diese entwickelt wurden. Es ist durchaus spannend, sich in die Welt der Coins einzulesen. In einem späteren Kapitel werden wir einige der wichtigsten und bemerkenswertesten Coins im Detail vorstellen. Natürlich können wir nicht alle Altcoins anführen, zudem kommen auch laufend neue hinzu, und auch die Entwicklung und der Kurs der Coins unterliegen einer ständigen Veränderung.

# Wie erkennt man betrügerische Coins?

Der beste Weg, um einen Coin zu checken, ist auf der Internetseite von Coinmarketcap zu überprüfen, ob der Coin auch wirklich gelistet ist. Natürlich möchten viele vom enormen Hype rund um die Coins profitieren und ein Name für einen spektakulären Coin ist schnell gefunden. Auch lassen sich mit einem guten Computerprogramm rasch Listen, Charts und Auszahlungen fingieren und Anleger können leicht in die Falle tappen.

Doch auch Anleger, die in gelistete Coins investieren, sind vor manchen Fallen nicht gefeit.Zu einem Problem gehört der sogenannte Pump and Dump. Dabei wird ein Coin von einer Gemeinschaft, die sich abgesprochen hat, künstlich in die Höhe getrieben, um diesen Coin anschließend, sobald er die Spitze erreicht hat, wieder im Kollektiv zu verkaufen. Dieses Pump and Dump, also übersetzt das Aufpumpen und Wegwerfen, kann auch als eine Art Flashmob zum Kaufen und Verkaufen angesehen werden. Wirklich verboten sind diese Verabredungen nicht, jedoch auch moralisch nicht wirklich einwandfrei. Wer mit Altcoins handeln möchte, der sollte die Charts genau studieren und sich auf keinen Fall von irgendjemandem zu einem Kauf überreden lassen. Beim Trading mit Coins ist jeder bestens beraten, wenn er sich auf seine eigenen Augen und die eigene Überprüfung der Coins verlässt. Sogar der berühmt-berüchtigte Hochstapler Jordan Belfort, der als „The Wolf of Wallstreet" berühmt wurde, warnt vor möglichen Betrügereien in der Welt der Kryptowährung. Laut seinen Aussagen ist es auf diesem Parkett noch viel einfacher, Illusionen zu erzeugen und Menschen zu faszinieren, die im Anschluss alles verlieren können. Ein Leitspruch und Motto sollte somit lauten: „Augen auf beim Krypto Kauf!"

# Legale Systeme für Bitcoins und Altcoins

Es gibt unzählige MLM Syteme, die Mining und auch Trading anbieten. Viele davon sind gut, genauso viele davon aber sind schlecht und können lediglich als betrügerische Systeme bezeichnet werden. Generell gilt, je schneller der Reichtum versprochen wird und je höher die Einsätze dafür sein sollen, desto eher kann geraten sein: „Finger weg“. Darunter fallen etliche RevShare Programme, Mining Plattformen und ForexTrading MLM Programme. Doch nicht jedes MLM Programm kann grundsätzlich als Schneeballsystem abgestempelt werden.Wichtig ist es, alles zu hinterfragen und nicht auf tolle Geschichten und Versprechen von überdimensionalen Auszahlungen hereinzufallen.

**Die ersten Schritteum ein gutes MLM Programm zu finden**

Papier ist geduldig und noch schneller sind Artikel und Texte im Internet veröffentlicht. Dies gilt sowohl für positive als auch für negative Referenzen. Dennoch sollte man den Vertrieb, den man im Auge hat, ausgiebig durchleuchten. Optimal ist es natürlich, wenn man eine Person an der Hand hat, die mit diesem System schon über einen längeren Zeitraum tatsächlich konsequent und kontinuierlich Geld verdient hat. Der erste Kriterienpunkt ist, dass man eine Einsicht in ein Backoffice hat, dies jedoch live, denn auch solche Seiten lassen sich leicht manipulieren. Sobald Ihnen jemand das Blaue vom Himmel verspricht und von enormen Auszahlungen redet, diese jedoch nicht beweisen kann oder will, sollten Sie die Notbremse ziehen.

Ein weiterer wichtiger Punkt ist die Höhe des Einstiegs. Sobald Sie mehrere tausend Euro investieren sollen, um an dem Super-Gewinn partizipieren zu können, müssen alle Alarmglocken läuten. Suchen Sie nach einem System, bei dem es möglich ist, auch mit rund 120 Euro einzusteigen und sofort vom Gewinn zu profitieren. Weiters sollten Sie, gerade bei MLM Mining Pools, eruieren, wann Ihr persönliches Mining startet. Viele dieser Programme befinden sich in einer sogenannten Launching Phase. Was viele nicht wissen ist, dass diese Phasen über Jahre andauern können und der Investor nichts von seinem Geldsieht. Wenn Sie also Geld investieren, dann sollte ab Tag Eins ein Mining Ergebnis sichtbar sein. Dabei ist es nicht wichtig, ob dieses nur wenige Cents beträgt. Je nach Aufbau und Investition können Sie sich ohnehin im Vorfeld ausrechnen, mit welcher Gewinn-Marge Sie rechnen dürfen. Auch ist es wichtig, ob Sie für dieses System eine einmalige oder eine jährliche Mitgliedschaft bezahlen müssen. Sollte ein jährlicher Betrag für die Mitgliedschaft gefragt sein, sollten Sie diese in der Gegenüberstellung des Gewinns sehen. Generell sollten die Gewinne höher sein als Bankzinsen.

Auch ist es wichtig, ob Sie eine Belohnung, sogenannte Boni, für Mitgliederwerbung bekommen. Diese Boni dürfen Sie aber nicht in Ihren Gewinn einrechnen. Dieser sollte nur als zusätzliches Bonbon gesehen werden, denn viele, die mit Empfehlungsmarketing noch nie etwas zu tun hatten, werden auch hier nicht einfach neue Teampartner bekommen. Auch wenn sich MLM auf Basis von Bitcoin und Co von anderen Produkt-Networks abhebt, ein gewisses Talent für den Verkauf ist auch hier notwendig. Nichtsdestotrotz gibt es gerade in diesem Bereich viele Gewinner und viele, die sich in nicht allzu langer Zeit ein stattliches Nebeneinkommen aufgebaut haben. Jedoch gibt es auch viele, die ihr Geld damit verloren haben.

Nicht nur die Überprüfung im Vorfeld ist wichtig, auch die Höhe der Investition. Dabei sollte sich jeder die genaue Summe überlegen. Niemals dürfen Gelder verwendet werden, die für das tägliche Überleben notwendig sind. Um mit Kryptowährungen zu „Spielen“, sollte nur Geld verwendet werden, das Sie im Zweifelsfall auch abschreiben können und bei Verlust dadurch nicht an den Rand der Existenz gebracht werden. Dies betrifft jedes RevSharing, MLM und auch Trading. Wer diese wenigen Punkte beherzigt und auf seinen Verstand hört, der ist auf einem guten Weg. Auf keinen Fall sollte man gierig werden, dies betrifft vor allem das Traden mit Kryptowährung, darauf wollen wir aber in einem späteren Kapitel noch genau eingehen.

# Bitcoins und verschiedene Altcoins im Detail

Wie versprochen möchten wir in diesem Kapitel auf einige Coins und Token ausführlich eingehen. Dabei möchten wir auch wertvolle Tipps geben, wofür sich diese Coins besonders gut eignen. Beginnen werden wir natürlich mit der Mutter aller Coins, dem Bitcoin.

## Der Bitcoin

Der legendäre Bitcoin, kurz BTC, erblickte im Jahre 2008 das Licht der Welt. Hinter dem Bitcoin steckt eine Kunstfigur oder ein Mysterium, denn den Erfinder Satoshi Nakamoto kennt niemand wirklich. Der Entwickler wollte einen Coin erfinden, der nicht von Banken abhängig ist und einfach die hohen Bankgebühren und Transaktionskosten abschaffen. Welchen enormen Hype und Trend er damals ins Leben gerufen hat, war ihm wahrscheinlich selbst nicht bewusst. Die Zahl der jemals zu minenden Bitcoins ist auf 21 Millionen limitiert. Auch die Schwierigkeitsstufen des Minings sind so gut reguliert, dass der Coin voraussichtlich bis ins Jahr 2140 geschürft werden kann. Der Bitcoin unterliegt somit keiner Inflation. Natürlich bestimmen Angebot und Nachfrage den Kurs. Sensationell war jedoch garantiert der enorme Kursanstieg gegen Ende des Jahres 2017. Damit hätte niemand gerechnet, schon gar nicht jene zwei Studenten, die sich für 10.000 Bitcoins im Jahre 2010 zwei Pizzen bestellt hatten. Hätten sie an diesem Tag Diät gehalten und die Bitcoins bis heute auf ihrem Wallet gelassen, so wären sie reich. Bitcoin ist ideal um zu Minen, egal ob

Cloudmining oder Poolmining. Auch ist es absolut ratsam, einige Satoshis oder Bitcoins, je nach Möglichkeiten, auf dem Wallet zu lassen und von den Kurssteigerungen zu profitieren. Viele Profis raten jedoch vom Traden mit Bitcoins ab. Dazu eignen sich viele der alternativen Coins eindeutig besser. Natürlich können Bitcoins zu einem guten Preis verkauft werden, wenn sich diese auf einem eindeutigen Höchststand befinden. Wichtig ist, wenn man Bitcoins zurückkaufen möchte, diese dann unbedingt günstiger wieder einzukaufen. Generell sind Bitcoins eine gute Möglichkeit, um in die Zukunft zu investieren. Mit etwas Verstand und Überlegung kann damit nicht viel schief gehen.

## Der Litecoin

Der Litecoin, kurz LTC, existiert seit dem Jahr 2011 und zählt neben dem Bitcoin zu den bekanntesten Coins. Der Litecoin ist ein alternativer Coin, der ebenfalls durch Mining entsteht.Auch das Peer-to-Peer Netzwerk des Litecoins ist dem Bitcoin sehr ähnlich. Litecoin ist jedoch schneller zu minen und auch die Blöcke werden schneller erzeugt. Litecoins werden mit Grafikkarten gemint und auch hier werden die Blöcke nach einer Lösung der kryptographischen Rechnung freigegeben. Der Litecoin ist eine spannende Alternative zum Bitcoin, aber auch eher zum Minen und Halten, als zum Traden geeignet. Natürlich ist es auch beim Litecoin jedem selbst überlassen, doch mit seinem relativ kontinuierlichen Kurs ist es durchaus interessant, diesen Coin genau zu beobachten.

## Ethereum

Ethereum, kurz ETH, steht aktuell an Nummer Zwei auf der Beliebtheitsskala der Coins und ist nach den Bitcoins die vielleicht wichtigste Kryptowährung. Garantiert spannend ist der Kursgewinn, der in letzter Zeit zu verbuchen war. Ethereum wurde jedoch nicht vordergründig erfunden, um auf dem Finanzmarkt zu brillieren, sondern er zielt auf das Thema Smart Contracts via Blockchain ab. Ethereum sollte im Gesamtbild als dezentraler Computer gesehen werden, der beim Abschluss und Überwachen der Verträge Mittelsmänner unnötig macht. Dies ist ein großer Schritt in Richtung Smart Contracts für jedermann. Server und Cloudes werden durch Nodes ersetzt, die für das Bezahl-Netzwerk verantwortlich sind. Nodes überprüfen und speichern die Blöcke in der Blockchain und kontrollieren die Transaktionen, die in der spezifischen und digitalen Währung Ether durchgeführt werden. Ethereum setzt auf die Entwicklung der sogenannten dApps, die den App-Entwicklern eine freie Vermittlung ermöglichen, ohne von dritten Providern abhängig zu sein. Ein großes Ziel von Ethereum ist es, mit den Platzhirschen Google und Apple in den App Stores gleich ziehen zu können.

## Der Monero

Monero ist ebenfalls eine Kryptowährung, die auf der Blockchain basiert. Monero, XMR abgekürzt, kam im April 2014 auf den Markt und legt großen Wert auf Dezentralisierung und Privatsphäre. Auch hier ist der Algorithmus zur Erstellung der Blöcke skalierbar, das bedeutet, dass diese variabel sind. Monero gilt als eine der anonymsten Währungen in der Krypto-

Welt und er ist auf Basis der CryptoNote Whitepapers entstanden. Das bedeutet, dass hier keine verwandtschaftliche Verbindung mit dem Bitcoin besteht. Monero wird aus Spenden finanziert und von der Gemeinschaft der User gelenkt. Die Erzeugung der Währung Monero ist nicht limitiert. Um jedoch ein inflationäres Entstehen zu vermeiden, wurden die Algorithmen sehr clever programmiert. Im Jahre 2040 werden demnach mehr als 21 Millionen Moneros im Umlauf sein und bis zum Jahre 2130 sind es laut Berechnungen 35 Millionen Moneros. Monero ist eine dezentrale Währung und alle Nodes des Netzwerkes sind gleichberechtigt. Die Monero Transaktionen sind jedoch so anonym, dass sie weder durch Analysen der Blockchain, noch durch deren Überwachung verfolgt und gefunden werden können. Sogenannte Ringsignaturen sorgen für Transaktionen, die nicht nachvollziehbar sind. Monero besitzt auch keine sogenannte Rich-List, wie viele andere Kryptowährungen. Auf diesen Listen kann jeder sehen, wer zum Beispiel die meisten einer speziellen Kryptowährung besitzt. Doch auch hier ist bei Monero für absolute Anonymität gesorgt.

**Der Dash**

Beim Dash handelt es sich um eine Kryptowährung, die seit dem 18.Jänner 2014 existiert. Der Dash wurde vom Entwickler Evan Duffield ins Leben gerufen und war in der Anfangsphase auch unter den Namen XCoin und DarkCoin bekannt. Der Dash Coin wird durch Mining erzeugt und laut Prognosen sollen erst im Jahre 2300 alle möglichen Dashs gemint sein. Der Dash ist aus dem Protokoll des Bitcoins entstanden und besteht aus 11 verschiedenen Mining Algorithmen. Zusätzlich besitzt der Dash ein Netzwerk, das auf zwei Ebenen arbeitet. Ebene 1 ist das herkömmliche Bitcoin Netzwerk und bei Ebene 2 spricht man von sogenannten Master Nodes. Bei Master Nodes handelt es sich um Computer, Server und Netzwerke, die von jedem User selbst eingerichtet werden dürfen und sich alle 24 Stunden synchronisieren. Dazu sind 1000 Dashs nötig, die als Sicherheitsrücklage dienen. User, die einen Masternode betreiben, verdienen durch diese Mithilfe am Netzwerk Dash. Zurzeit sind es etwa 2 Dashs pro Woche, die von den Minern gestellt werden. Weitere Highlights des Dash sind die Funktionen PrivateSend, InstandSend und Decentralised Governance. Dash ist ein Coin, der für Teamwork steht und den Besitzern von Master Nodes ein großes Mitspracherecht bietet. Der Dash ist ein attraktiver Coin, der sich gut für das Mining eignet und auch heute noch lukratives Potential verspricht.

### Der Zcash

Die Kryptowährung Zcash, kurz ZEC, existiert seit Oktober 2015 und der enorme Start dieser Kryptowährung hielt alle User in Atem. Für einen Zcash Token wurden sofort nach dem Erscheinen an der Börse ein Kurs von 3299 Bitcoins aufgerufen, was zum damaligen Kurs etwa 2 Millionen Dollar waren. Natürlich war der Token am Tag darauf nur mehr einen Bruchteil wert und sank auf etwa 600 Dollar, die Kurve ging aber gerade in Anfangszeiten rasant hoch - um auch rasant wieder zu fallen. Zu diesem extremen Hype und dem regen Interesse an dem Coin kam es natürlich durch eine clever angelegte Medienkampagne im Vorfeld. Auch kann der Zcash mit einer hohen Anonymität punkten und es wird auf die kryptographischen Verfahren Zerocoin Protokoll und zk-SNARKS gesetzt. Bei diesen Verfahren werden die Anonymität und die Gültigkeit der Transaktionen verwaltet. Der Zcash wurde von einer Gruppe von Entwicklern erfunden, die sich rund um den Spezialisten namens Zooko Wilcox scharten und allesamt aus der Bitcoin Szene stammen. Daher basiert der Zcash auch sehr stark auf dem Bitcoin Code. Auch ist der Zcash wie der Bitcoin auf 21 Millionen Stück limitiert und kann durch Mining erzeugt werden.

## Der Banken Coin Ripple

Der Ripple wird stets als Bitcoin der Banken bezeichnet und bietet ein schnelles und skalierbares System, bei welchem digitale Assets in Echtzeit ausgetauscht werden können. Das Netzwerk des Ripples ist eine große Datenbank, auf der durch ein Konsens-System nicht nur die Transaktionen, sondern auch der übertragene Gegenwert gespeichert sind. Auch kann der Ripple mit immens geringen Transaktionsgebühren punkten. Ripple, auch unter XRP-Token bekannt, ist ein Coin, bei dem bereits die gesamte Anzahl vorhanden ist. Der Ripple kann dadurch nicht mehr gemint werden. Im gesamten sollen etwa 100 Milliarden Ripple existieren. 38 Milliarden davon sind schon im Umlauf, 7 Milliarden hält Ripple selbst und die restlichen Coins wurden in einen sogenannten Escrow Account gepackt. Von hier aus werden nun jeden Monat eine bestimmte Anzahl an Coins freigegeben. XRP, also Ripple kann auf jeder Exchange ganz einfach gekauft werden. Wer Ripple als langfristige Investition besitzen möchte, sollte diese aber nicht auf der Exchange liegen lassen, sondern auf ein Wallet packen.

## Steem

Steem ist eine ganz besonders spannende Kryptowährung, da diese nicht durch Mining, sondern durch Content entsteht. Viele werden sich nun fragen „Content?". Die Antwort ist „Ja, richtig", der Steem entsteht durch Texte und Artikel, Posts und Beiträge, die auf der Steemit Plattform veröffentlicht werden. Hier wurde eine Verbindung aus Kryptowährung und sozialem Netzwerk geschaffen - zwei Themen, die den Puls der Zeit absolut treffen. Steem ist noch eine relativ junge und kleine Kryptowährung, die sich aber toll eignet, um zu Traden. Zusätzlich kann jeder, der einen leichten Hang zu sozialen Netzwerken hat, sehr simpel Steem verdienen. Dazu muss sich der User auf der Plattform Steemit anmelden. Eine Anmeldung ist kostenlos. Wer mehr als einen Account eröffnen möchte, muss für sämtliche weitere Accounts einen Unkostenbeitrag beisteuern. Generell sollte jedoch ein Account für jeden reichen. Dort wird man nach 1 bis 3 Tagen bestätigt und aufgenommen und kann mit dem Posting beginnen. Für jedes Like, das gegeben und erhalten wird, erhält der User eine Belohnung in Form von Steem. Dies ist nicht unbedingt ein Betrag, von dem man leben könnte, zumindest nicht zu Beginn. Es gibt jedoch auf der Plattform User, die für einen Beitrag bereits umgerechnet mehrere hundert Dollar verdienen. Hier ist es wichtig, sich gut zu vernetzen, regelmäßig zu posten und wie bei Twitter auf Follower zu achten. Steemit ist eine witzige Möglichkeit, um ganz einfach eine Kryptowährung, ohne großen Aufwand und ohne Mining, zu verdienen. Die Entwicklung dieses Tokens muss man natürlich abwarten. Wenn man bedenkt, welch großen Erfolg jedoch soziale

Netzwerke haben, so sieht die Zukunft von Steem durchaus rosig aus.

## Der Cardano

Beim Cardano handelt es sich um einen jungen Coin, der erst seit dem 2. Oktober 2017 auf dem Markt ist. Der Cardano, kurz ADA, ist ein Coin aus der Schweiz und schaffte sofort nach seinem Erscheinen ein gutes Ranking unter den ersten 20 Kryptowährungen auf Coinmarketcap. Der Cardano basiert auf der Blockchain Technologie und ist auf die Wirtschaft und auf die Finanzmärkte ausgerichtet. Zum jetzigen Zeitpunkt ist es durchaus sinnvoll, Ada Token zu kaufen, sie zu halten oder sogar kurzfristig zu traden.

## Der Stellar Lumens Coin

Mit Stellar wird den Usern eine Plattform geboten, die Menschen mit Zahlungssystemen und Banken verbindet. Stellar wurde als Non-Profit Organisation gegründet und hat als Ziel die Bekämpfung der Armut im Visier. Stellar besteht bereits seit dem Jahr 2014, und obwohl sich der Coin im Ranking auf Coinmarketcap meist unter den ersten 10 Coins befindet, fristet er häufig ein Schattendasein. Das Netzwerk zielt darauf ab, weltweit günstige Transaktionen durchführen zu können und allen Menschen einen Zugang zu neuen Technologien zu bieten. Stellar besitzt eine distributive Börse, so können zum Beispiel Euros schnell und günstig in Dollar oder andere Währungen überwiesen werden. Im Netzwerk werden die Währungen schnell und günstig automatisch umgewandelt.

## Der OmiseGo

OmiseGo wurde als Startup Unternehmen bereits im Jahre 2013 in Asien gegründet und ist ein Projekt, das auf der Ethereum Blockchain basiert. OmiseGo, kurz OMG, hat den Grundsatz „Be your own bank“, also „Sei deine eigene Bank“. Durch das Peer-to-Peer Netzwerk sind internationale Überweisungen schnell und günstig durchzuführen. Das OMG Netzwerk versteht sich als dezentrales Netzwerk, welches Kryptowährungen und Fiat Geld vereint. OMG ist ähnlich wie Ripple ein Zahlungsnetzwerk, deren Blockchain jedoch dezentralisiert und öffentlich funktioniert. Der OMG eignet sich hervorragend zum Traden.

## Der Dogecoin

Der Dogecoin, kurz DOGE, wurde eigentlich von Computer-Nerds als Parodie auf den Bitcoin erfunden. Die Abbildung des Coins trägt einen Hundekopf und die Programmierer Billy Markus und Jackson Palmer starteten das Projekt Dogecoin im Jahre 2103 aus Jux und Tollerei. Diese Kryptowährung basiert auf dem Litecoin und wurde durch diverses Fundraising finanziert. Auch bei diesem Fundraising waren zum Teil sehr scherzhafte Projekte dabei, doch anscheinend machte gerade dieser Mix die besondere Attraktivität aus. Das Oberlimit für die zu generierenden Coins wurde bereits vor drei Jahren aufgehoben und zum jetzigen Zeitpunkt sind etwa Coins von 260 Millionen Dollar auf den Exchanges, die dort täglich gehandelt werden. Dogecoin konnte zu Beginn des Jahres 2018 einen großen Kursanstieg verzeichnen. Dieser Coin ist es garantiert wert, ihn etwas zu beobachten, zu kaufen, zu halten und auch zu handeln.

### Der DentaCoin

DentaCoin ist ein Token, der auf Ethereum basiert. Die Plattform dazu, die auf der Blockchain basiert, wurde in den Niederlanden entwickelt und hat als Ziel, die Zahnpflege weltweit zu verbessern. Der DentaCoin ist die Kryptowährung der Zahnärzte und Dentisten. Warum er hier jedoch erwähnt wird ist, er hat in letzter Zeit eine unheimliche Entwicklung durchlaufen und es ist interessant, diesen Coin zu beobachten. Hätte man im September 2017 DentaCoins im Wert von 60 Dollar gekauft, so wären die in der zweiten Woche des Jahres 2018 bereits 2000 Dollar wert. Diese Entwicklung ist nicht wirklich zu verachten.

### Der B3 Coin

Der B3 Coin wird von seinen Entwicklern als innovative Kryptowährung vorgestellt, die mit einem im höchstem Ausmaß profitablen Proof of Stake punkten kann. Dieser Coin ist dezentralisiert, transparent und verwendet eine Open Source Blockchain. Schnelle, sichere und verlässliche Transaktionen werden von diesem Coin angestrebt. Er wird als höchster Staking Coin des gesamten Marktes gehandelt und tatsächlich hat der B3 Coin in der zweiten Woche des Jahres 2018 ein extremes Plus von einigen tausend Prozent verbuchen können. Dieser Coin ist auf jeden Fall nicht zu ignorieren und ein kleiner Invest zum Traden oder Halten kann nicht schaden.

## Der Neblio

Der Neblio, kurz NEBL, ist eine Kryptowährung, die auf Basis der Blockchain für Geschäftsleute entwickelt wurde. Es bietet ein dezentralisiertes Peer-to-Peer Netzwerk für rasche und sichere Transaktionen. Dieser Token ist auf 13,2 Millionen Stück limitiert und zählte zu Beginn des Jahres 2018 zu den überraschenden Aufsteigern. Der Neblio ist sicher eine Option, um im eigenen Portfolio zu landen.

## Der Cobinhood

Der Cobinhood, kurz COB, ist ebenfalls ein Gewinner und Aufsteiger der ersten Wochen des Jahres 2018. Während viele Altcoins nach einem kurzen Aufschwung einem Negativtrend unterlegen sind, stieg der COB kontinuierlich an. Cobinhood versteht sich als moderne Kryptowährungs-Plattform, die auf Basis der Blockchain agiert. Sie gilt als die erste Exchange, die keine Gebühren veranschlagt.

## Der Bitcoin Cash

Der Bitcoin Cash, kurz BCC oder BCH, ist durch eine Fork entstanden. Wer zum Zeitpunkt dieser Fork Bitcoins auf einem teilnehmenden Wallet liegen hatte, der wurde automatisch mit Bitcoin Cash belohnt. Dieser Coin hat sich entgegen vieler Zweifler absolut toll entwickelt und befindet sich zurzeit unter den ersten fünf gelisteten Coins bei Coinmarketcap.

## NEM - New Economy Movement

Der NEM besteht seit dem Jahr 2015 und ist eine Kryptowährung mit Basis der Blockchain und einem Peer-to-

Peer Verfahren. Der Code dafür wurde ganz neu geschrieben und wird für Transaktionen und Smart Assets verwendet. Er ist somit sowohl dem Bitcoin, als auch dem Ethereum ähnlich. Der NEM, auch XEM genannt, ist auf 9 Milliarden limitiert, von denen bereits alle Coins im Umlauf sind. NEM funktioniert auch als verschlüsselter Messenger und verifiziert seine Transaktionen mit dem Proof of Importance. Ein weiterer Pluspunkt des NEMs sind die Smart Assets, durch die virtuell Aktien, Ausweise, Urkunden, Patente und vieles mehr abgebildet und gespeichert werden können.

**Der IOTA**

Der IOTA verwendet keine Blockchain, sondern das Tangle, um die Transaktionen zu verifizieren. IOTA gilt ferner als quantensicher und ist für sichere Datentransfers und Dezentralisierung bekannt. Der IOTA wird auch immer im Zusammenhang mit dem Internet of Things genannt und durch das Proof of Work im Tangle fallen hier auch keinerlei Kosten für Transaktionen an.

**Der TRON**

Der TRON, kurz TRX, wurde in China entwickelt und besitzt ein dezentralisiertes, auf der Blockchain basierendes Protokoll. Ziel der Entwickler von Tron ist es, der Welt ein kostenfreies Content Entertainment System zur Verfügung stellen zu können. Hier sollen die Nutzer ihre Daten frei kontrollieren können und entscheiden, welche davon öffentlich und welche anonym oder geheim gestellt werden sollen. Diese digitale Unterhaltung soll von Online Spielen über Streaming bis hin zu sozialen Netzwerken reichen. Die Entwickler rund um Tron sehen sich in Zukunft ganz vorne im Unterhaltungssektor der Zukunft.

## Der EOS

Diese Software ist Blockchain basierend und bietet Konten, Authentifizierungen, asynchrone Kommunikation, Datenbanken und Terminierungen. Die EOS Token sind auf der Ethereum Blockchain verteilt und es wurden 2017 mit der Verteilung dieser Token begonnen, die auf eine Milliarde limitiert sind. Der EOS ist ein noch relativ günstiger Token und eignet sich gut, um die ersten Schritte am Parkett des Krypto Tradings zu versuchen.

## Der Qtum

Der Qtum Coin wurde von einem Startup Unternehmen ins Leben gerufen, um damit die Entwicklung der eigenen Plattform zu finanzieren. Die Entwickler arbeiten an einer Blockchain für die Geschäftswelt. Sie soll vor allem in der Telekommunikation eingesetzt werden und vor Fälschungen schützen. Auch in der industriellen Logistik und in der Finanzwelt soll diese Blockchain eine innovative Lösung sein. Qtum macht Transaktionen lesbar und kompatibel und arbeitet zudem an einer schlanken Software, die auch auf Smartphones nutzbar ist. Qtum ist ein Coin, der sich immer noch im zweistelligen Bereich befindet und sich sowohl zum Traden, als auch zum längerfristigen Halten eignet.

## Bitcoin Gold

Bitcoin Gold ist durch eine Fork entstanden und Besitzer von Bitcoins wurden zum Zeitpunkt der Fork mit Bitcoin Gold gratis belohnt, vorausgesetzt die Bitcoins lagerten auf einem Wallet, das sich an diesem Unternehmen beteiligte. Der Bitcoin Gold ist der dritte Ableger des Bitcoins und steht für Demokratisierung. Bitcoin Gold sieht sich nicht als Konkurrenz, sondern als Ergänzung des Bitcoins, ist jedoch durch einfachere Algorithmen viel weniger schwer zu erzeugen wie der große Bruder. Bitcoin Gold hat sich im unteren dreistelligen Bereich eingeordnet und ist ein Coin, den man durchaus ins Portfolio aufnehmen und eine Zeit lang beobachten kann.

## Der RaiBlocks Coin

Der RaiBlocks Coin besitzt ein eigens entwickeltes Wallet und steht für geringe Latenz und hohen Datendurchsatz. Dieser Coin wurde von 11 Entwicklern herausgebracht. Der bekannteste unter ihnen ist Colin Lemahieu, der auch für die Entwicklung des Wallets zuständig war. Mica Busch, der Entwickler der Webseite und der mobilen Anwendung, ist in Nerd-Kreisen auch kein unbeschriebenes Blatt. Insgesamt soll es von RaiBlocks, der unter der Bezeichnung XRB gehandelt wird, 340 Millionen Token geben. Er überzeugt mit einer konstanten Entwicklung und konnte sich in kürzester Zeit von einem Wert von unter einem Cent auf einen Kurs von knapp 30 Dollar hocharbeiten. Der Token eignet sich gut zum Traden, aber auch als stabiler Faktor im Portfolio.

## Der Verge

Der Verge ist ein Coin, der mit einer enormen Kurssteigerung zum Ende des Jahres 2017 punkten konnte. Der Verge Coin steht für Anonymität und Sicherheit. Er ist immer noch ein sehr günstiger Coin und eignet sich hervorragend, um die ersten Schritte beim Trading zu unternehmen. Für ein Halten im Portfolio ist er vielleicht etwas zu gering, das müsste der Anleger als ein wirklich langes Projekt sehen.

## Der SiaCoin

Der SiaCoin wird verwendet, damit unter anderem die Kunden des Cloud Storage Anbieters Sia die gemieteten Plätze in dieser Kryptowährung bezahlen können. Dieser Coin wird gemint und die Entwickler hatten die ersten 100 Blöcke selbst geschürft. SiaCoin zählt ebenfalls zu den kleinen und interessanten Coins, die Sie sich zu Beginn ganz gut ansehen sollten. Er ist ein Coin, mit dem sehr schnell einige gute Trades abgewickelt werden können.

## Der Populous

Die Online Plattform Populous wurde im Jahre 2017 gegründet und soll die Peer-to-Peer Bezahlung von Rechnungen ermöglichen. Auf dieser Plattform werden zwei digitale Währungen angeboten, Token und Poken. Die Token wurden zur Finanzierung der Plattform verwendet und die Poken dienen als Grundlage für die Bezahlung von Rechnungen. Die Poken sind an die Fiat Währung gekoppelte Token zu verstehen. Der Populous eignet sich sowohl zum Traden, als auch zum Halten im Portfolio.

## BitShares

BitShares sind eine weitere Besonderheit. Durch einen Kauf wird der User zum Aktionär, erhält dafür jedoch keine Dividenden, nur ein Stimmrecht. BitShares generiert Geld durch BTS Transaktionskosten und den Verkauf von Produkten. Die Ausgaben belaufen sich auf die Kosten für die Sicherung der Blockchain, und investiert wird in die Entwicklung neuer Software und in Startup Unternehmen. Der BitShares Kurs beläuft sich beinahe kontinuierlich an der 1 Dollar Grenze.

## Die Tether Währungen

Tether wird auch USDT genannt und ist eine Kryptowährung, die auf der Blockchain arbeitet und über das Omni Layer Protokoll ausgegeben wird. Jede Einheit ist mit einem Dollar hinterlegt und abgesichert. Sie wurden geschaffen, um Transfers in den Landeswährungen zu erleichtern.

## Waves

Waves ist der eigene Coin der Waves Plattform. Diese wurde im Jahre 2016 durch Initial Coin Offering, kurz ICO, finanziert. Die Plattform ist sehr benutzerfreundlich und einfach und Token lassen sich rasch erstellen. Die Plattform bietet eine sehr aktive Community und wurde rund um Sascha Ivanov entwickelt, der in der Krypto-Szene als sehr talentierter und innovativer Entwickler gilt.

## SALT

Das Startup Unternehmen aus Denver, mit dem Namen Secured Autoatic LendingTechnology, also kurz Salt, hat diese Plattform ins Leben gerufen, um Kredite zu vermitteln, die mit Kryptowährung als Sicherheit durchgeführt werden. Es können Kredite in Fiat Währung ausgezahlt werden, die Kryptowährung wie Bitcoin und Co dient dabei als Sicherheit, verbleibt aber im Besitz des Kreditnehmers. Nur wenn der Kreditnehmer seine Schulden nicht bezahlen kann, werden diese verkauft. Wird der Kredit ordnungsgemäß zurückbezahlt, so verbleiben die Coins ganz legitim im Besitz des Kreditnehmers.Salt ist zudem ein toller Coin, der sich zum Traden eignet.

## Golem

Die Golem Plattform versteht sich als weltweiter Super-Computer, auf den jeder Zugriff hat. Um diese Idee zu verstehen, kann man sich Golem als Airbnb für die Computerwelt vorstellen. Mit dem Golem Network Token wird die Rechenleistung auf den Computern gemietet und bezahlt.

## Ark

Der Ark Coin ist der Token der Ark Plattform, die entwickelt wurde, um Krypto-Technologien gesellschaftsfähiger und bekannter zu machen. Bei dieser Blockchain wird das System der byzantinischen Fehlertoleranz verwendet. Das bedeutet, dass kein Computer im Netzwerk dem anderen Computer vertraut. Daraus resultiert, dass sich nur jemand, der den Systemcode kennt, in das Peer-to-Peer Netzwerk einhacken kann. Ark ist ein guter Tipp für Halten und auch Traden, da die Technologie und auch die Idee dahinter sehr spannend ist.

## Dragonchain ICO

Hier handelt es sich um Disneys Blockchain Netzwerk. Dieses Projekt wurde von der Disney Corporation in Seattle begonnen und der Dragonchain Foundation, einer Non-Profit Organisation übernommen. Die Blockchain steht für eine einfache Einbindung von echten Business Anwendungen. Smart Contracts sind in vielen Programmiersprachen möglich. Hier können unter anderem Java Script, Python und NodeKs verwendet werden. Der Coin eignet sich gut, um zu kaufen und zu halten, da die Entwicklung stabil, nachhaltig und fair wirkt.

## Warum den Background der Coins und Token checken?

Es ist wichtig, den Hintergrund zu kennen, um zu entscheiden, wie man mit den Coins und Token umgehen soll. Die Pläne der Plattformen sagen viel darüber aus, ob hier ein Hyper erzeugt wird, oder ob es sich um ein langfristig gutes Projekt handelt. Dementsprechend kann der User entscheiden, ob er den Coin lieber kauft und sofort mit Gewinn wieder verkaufen möchte oder doch auf eine enorme Entwicklung hofft und den Coin hält. Natürlich spielen bei diesen Entscheidungen auch persönliche Vorlieben eine Rolle, doch gerade das macht die spannende Entwicklung des Kryptomarktes aus.

# Der Unterschied zwischen Coins und Token

Oft hört man Krypto-Coins und Krypto-Token, doch wo genau liegt hier der Unterschied? Die meisten Coins laufen nicht auf der Bitcoin Blockchain, sondern werden auf der Ethereum Blockchain gebildet. Mit Token, die man mit Ether kaufen kann, werden sogenannte dApps bezahlt, um diese benutzen und anwenden zu dürfen. Mit Token können also Dienstleistungen gekauft werden. Zur besseren Erklärung möchten wir Ihnen nun einige der schönsten Token vorstellen.

### Der Crypto Twenty Token - C 20

C 20 kombiniert Kryptowährungen mit einer Art Investition in Indexfonds. Es wird in die 20 größten Kryptowährungen investiert, die mit der höchsten Marktkapitalisierung punkten können. Mit dem Kauf eines C 20 Token beteiligen Sie sich somit an den Gewinnenund haben damit eine höhere Chance auf Profite, als wenn Sie nur in eine einzige Kryptowährung investieren würden. Dieser Token eignet sich natürlich nicht zum kurzfristigen Traden, sondern ist ein Token, der langfristig gehalten werden soll. Bei dem C 20 Token heißt es eindeutig: Buy and Hold.

### Der Hydrominer Toke - H20

Bei diesem Token handelt es sich um ein Produkt aus Österreich. Dieses Unternehmen hat in Österreich in der Nähe von großen Wasserkraftwerken Miningfarmen errichtet, um dort günstig an Strom zu kommen und gleichzeitig das Wasser zum Kühlen der Prozessoren verwenden zu können. Wie bekannt ist, werden diese extrem heiß und es muss ein großer Aufwand betrieben werden, um diese kühl zu halten. Darum stehen die meisten Miningfarmen in sehr kalten Gefilden. Mit dem Kauf eines H 20 Token können sich private Miner an dem billigen Strom beteiligen.

**Der Horizon State Token - Decision Token –HAST**

Das Team rund um diesen Token arbeitet an Technologien, um Wahlen auf der ganzen Welt absolut sicher zu machen. Dadurch könnten keine Wahlergebnisse manipuliert und verfälscht werden. Mit dem Kauf dieser Token beteiligt sich der User an der Entwicklung und erkauft sich damit auch das Recht an der Wahl, teilnehmen zu dürfen, die mit dieser Technologie durchgeführt wird.

# Die ICO`s

ICO bedeutet Initial Coin Offering und beschreibt ein Finanzierungsmodell in der Welt der Kryptowährung. Beim ICO dreht sich alles um den Verkauf von Token. Diese Token dienen als Finanzierung für diverse Projekte. Aus diesem Grund sind ICO`s vor allem für Firmen so interessant. Als Investor erhält man so die Chance, in eine Kryptowährung zu investieren, die als solche noch gar nicht auf dem Markt ist. Je nach Erfolg des Projektes steigt danach der Wert der Token im besten Fall über den ursprünglichen Ausgabewert. Das heißt konkret, dass die Token im Vorfeld verkauft werden und nicht, wie bei vielen anderen Coins, durch Mining entstehen. Setzt man diesen Token nun auf die Blockchain, so verhält er sich ähnlich wie Bitcoin und Ethereum. Im Jahre 2017 wurden mehr als 180 Millionen US Dollar in diverse ICO`s investiert. Dies zeigt einen deutlichen Trend auf. Doch nicht nur Firmen, auch Entwickler von Kryptowährungen und Blockchain Produkten setzen auf ICO´s, da sie so ihre Projekte ohne herkömmliche Finanzierung realisieren können.

## Investieren in ICO`s

Diese ICO`s sollten nicht nur als reines Investment gesehen werden. Beim DAO zum Beispiel können sich die User mit den gekauften Token auch ein Stimmrecht erkaufen. Dadurch kann die Zukunft der Organisation mitbestimmt werden. Dieser Token kann in etwa mit einer Aktie verglichen werden, das Stimmrecht betrifft jedoch keine Firma im klassischen Sinne, sondern eine digitale und virtuelle Organisation.

Storjcoins sind ebenfalls ICO`s, die als Kryptowährung gehandelt werden kann. Gleichzeitig lassen sich die Storjcoins auch zum Bezahlen von Speicherplatz direkt beim Anbieter verwenden.

Ein Risiko bei ICO`s ist natürlich, dass keinerlei Vorgaben und Regulierungen gelten. Vor einem Investment sollte natürlich alles doppelt geprüft werden. Wie bei allen Invests, egal ob Aktien oder Kryptowährungen, sollten auch hier nur Gelder investiert werden, deren Verlust man mühelos verschmerzen und verbuchen kann.

Da ICO`s immer noch als eher risikoreich gelten, werden diese oft als Spenden oder als Crowdsale verpackt und getarnt. Wer jedoch von einer Idee begeistert und überzeugt ist, der kann natürlich investieren. Der Erfolg so vieler Firmen gibt diesem System absolut recht.

## Der ERC 20 Token

Der ERC 20 wurde im Jahre 2015 von den Ethereum Entwicklern Vitalik Buterin und Fabian Vogelsteller vorgestellt. Dieser soll als Standard Interface für Token auf der Ethereum Blockchain gelten. ERC 20 Token heben sich deutlich von bekannten Token wie Colored Coins oder Omni Token ab. Der ERC 20 Token kann mit sämtlichen Wallets interagieren und es ist möglich, Smart Contracts zu bilden. Der ERC 20 Token wird auch als Buchhalter auf der Blockchain beschrieben. Wird der ERC 20 Token überwiesen, so findet keine Transaktion im herkömmlichen Sinne statt. Es werden lediglich die Besitzverhältnisse geändert. Es findet kein Kontakt zwischen Sender und Empfänger, sondern lediglich mit dem Contract statt.

# Was ist eine Tangle Lösung?

Ein Tangle ist als verteilte Datenbank zu verstehen, die mit einem Peer-to-Peer Netzwerk arbeitet. Tangle besitzt dieselben Eigenschaften wie eine Blockchain. Im Tangle sind herkömmliche Miner und simple Teilnehmer gleichgestellt. Das heißt, für jede Transaktion, die durchgeführt werden möchte, muss auch eine Transaktion bestätigt werden. Hier muss jede Transaktion mit dem privaten Schlüssel signiert werden, zwei Transaktionen validiert und in aktueller Transaktion referenziert werden und ein Proof of Work analog zum Hashcash erfüllt werden. So wird die Architektur des Tangles kreiert und es entsteht ein azyklischer Graph. Da es beim Tangle keine Miner gibt, da jede Transaktion mit Transaktionen von Statten geht, fallen keine Kosten an, da niemand für die Bestätigung oder ein Mining bezahlt werden muss. Jede Transaktion, die durchgeführt werden will, wird durch eigene Arbeit „finanziert“ oder eben die Arbeit mit einer kostenlosen Transaktion belohnt. Je mehr Teilnehmer sich hier beteiligen, desto mehr Transaktionen werden auch bestätigt. Wer sich den Tangle plastisch vorstellen möchte, der sieht unzählige Punkte, die wild miteinander verbunden sind, ähnlich einem Labyrinth Spiel. Hier werden die einzelnen Blocks nicht wie eine Kette aneinander gereiht, sondern alles mehr oder weniger zufällig verbunden. Verfolgt man die Verbindungen jedoch, entsteht ebenfalls eine Kette.

# Wichtige Begriffe aus der Welt der Kryptowährungen

Programmierer haben ohnehin eine eigene Sprache und auch Computer Nerds werfen mit Begriffen herum, die ohne Vorwissen nur schwer zu verstehen sind. Die wichtigsten möchten wir nun kurz erklären, damit Sie einer Unterhaltung zwischen Krypto-Experten problemlos folgen können.

## Kleines Krypto Wörterbuch

Bei **Shitcoins** handelt es sich um Altcoins, die keinen richtigen Wert haben, von einer Gruppe oder durch Werbung extrem gehypt werden und so wertvoll erscheinen, ohne es zu sein. Leicht tappt man in diese Falle und kauft diese wertlosen Shitcoins. Shitcoins lassen sich anhand einiger Punkte erkennen. Meist wurden schon einige Coins vorgemint, bevor diese auf den Markt kommen und die Plattform des Coins hat keine Community. Auch Altcoins, die nach einem Land, einem Star, wie Sänger, Schauspieler oder einem anderen Prominenten, benannt sind, sind tendenziell Shitcoins. Coins, die keine eigene Idee vorzuweisen haben, andere Coins nur kopieren, viel heiße Luft verbreiten und zum Beispiel nur gegen Bitcoins herausgegeben werden, sind mit großer Wahrscheinlichkeit Shitcoins. Zum langfristigen halten sind diese vielleicht nicht geeignet, jeder kann jedoch vom momentanen Hype profitieren und beim Traden gute Gewinne einfahren.

Häufig wird, gerade auf Plattformen und in Communities, von einem **Meme** gesprochen. Der Begriff kommt aus dem

Englischen und wird „Miem“ ausgesprochen. Dabei handelt es sich um einen Insiderwitz. Diese werden häufig durch Bilder, Fotos, Grafiken, Cartoons oder Gifs zum Ausdruck gebracht.

Von einem **Scam** spricht man, wenn man einen Betrug entdeckt hat. Oft wird vor Scams gewarnt, die dem User nur Geld aus der Tasche ziehen möchten.

Als **Whales** oder Wale werden auch in der Welt der Kryptowährungen jene Leute bezeichnet, die eine sehr, sehr dicke Brieftasche haben und immer am Investieren sind. Die bekannten Wale der Kryptowelt besitzen so viel Geld, dass sie eigentlich den gesamten Markt manipulieren könnten - sagt man.

Ein **Whitepaper** ist jenes Schriftstück, auf dem das zukünftige Konzept jedes Unternehmens vermerkt wird. Es ist das erste offizielle Dokument mit dem Konzept und wer sich für eine Firma und ein Unternehmen interessiert, sollte im Vorfeld die Whitepapers lesen.

Ein **Casper** ist ein PoS, der von Ethereum ab dem Serenity Update eingeführt wurde.

Als **ATH** wird das Alltime High bezeichnet. Dies beschreibt den höchsten Wert, den ein Coin oder Token jemals erreicht hatte.

**StopLoss und StopBuy** sind Absicherungen beim Traden, die man setzen kann, um keine allzu großen Verluste zu verzeichnen, auch wenn man nicht die ganze Zeit selbst vor dem Computer sitzen kann, um den Trade zu überwachen.

Von **Shillen** spricht man, wenn etwas sehr gelobt und gehypt wird.

Als **Ponzi** wird ein System bezeichnet, das wie ein Schneeballsystem aufgebaut ist. Diese Firmen zahlen zwar aus, jedoch nur mit den Investitionen der gesamten User, und nicht mit tatsächlichen Gewinnen. Ponzi Schemen brechen meist nach kürzester Zeit wieder auseinander, es ist jedoch nicht gesagt, dass damit nicht kurzfristig Geld verdient werden kann.

Ein **Bot** ist ein Computer-Programm, das schwierige oder lästige Arbeiten übernehmen kann. Es gibt Trading Bots und Chat Bots, die am häufigsten zum Einsatz kommen. Gegen einen Trading Bot ist es in der Regel schwer zu bieten.

# Die Plattform Lisk

Lisk ist eine Plattform, die basierend auf der Blockchain viele Sideblockchains anbietet. Jeder kann eine Sideblockchain entwickeln, der gute Ideen dafür hat. Ideen, die dafür aufgegriffen werden, sind zum Beispiel die Verwaltung der Musikrechte von Musikern, Spiele und digitale Items. Das Besondere an der Plattform Lisk ist, dass diese ein sogenanntes SDK bietet. Ein SDK ist ein Software Development Kit, also ein Starterkit, das jedem erlaubt, eine eigene Blockchain zu bauen. Auf Lisk wird der Java Script verwendet, was es doppelt einfach macht, auch für User, die nicht über andere Programmiersprachen verfügen. Lisk arbeitet mit Peer-to-Peer und einem Konsens Algorithmus, es findet jedoch kein Mining im herkömmlichen Sinne, also kein Blockfinding statt. Hier spricht man von einem Delegated Proof of Stake. Das heißt, bei Lisk sind 101 Delegierte dafür verantwortlich die Transaktionen zu überwachen und zu bestätigen. Diese Deligierten werden dafür auch entlohnt. Ein Deligierter auf Lisk wird man, indem man gewählt wird. Wählen kann jeder, der einen Lisk Token hält. Möchte man als Delegierter arbeiten, so muss auf der Plattform in der Community ordentlich Werbung gemacht werden und soziales Engagement gezeigt werden. Delegierte, oder jene die es werden möchten, machen quasi Wahlkampf und versprechen bei einer Wahl zum Beispiel einen Teil des Verdienstes an die Community wieder abzugeben. Lisk arbeitet zusätzlich an mehreren Projekten und setzt sich dafür ein, dass User in der Blockchain auch mit Identität auftreten können. Viele wünschen sich, neben der anonymen Adresse auch ein Profil anzulegen und dies wird von

Lisk unterstützt. Lisk operiert auch im Bereich Storaging und Rechenleistung.

# Die Plattform Stratis

Stratis ist eine Plattform, welche die Blockchain für Anwender vereinfachen möchte. Hier können Entwickler einfach und kostengünstig eine Blockchain App installieren. Der Stratis Token, kurz STRAT, ist eine regulierte Kryptowährung mit geringer Inflation. Dieser Token wird auf vielen renommierten Exchanges wie Poloniex, Bittrex und Bittylicious gehandelt. Diese Plattform ermöglicht es Unternehmen also, Blockchain Anwendungen unter der Verwendung von Microsoft.NET Framework entwickeln zu können. Hier können Strategien festgelegt werden und zusammen nach Lösungen gesucht werden. Diese entwickelten Anwendungen können in der Cloud getestet werden und die Implementierung der Blockchain kann auf die individuellen Bedürfnisse zugeschnitten werden.

# Investieren in Kryptowährung

Gerade bei digitalen und virtuellen Wertanlagen ist es wichtig, so viele Informationen als möglich einzuholen. Doch gerade diese Menge an Informationen macht es häufig schwierig, sich für das Richtige zu entscheiden. Wenn Sie bis jetzt noch nichts mit Bitcoin und Co zu tun hatten und nun die ersten Schritte unternehmen möchten, wollen wir Sie ein Stück weit an die Hand nehmen. Natürlich dürfen Sie nicht vergessen, dass dieser Ratgeber keinen Anlageberater ersetzt und Sie alleine für Ihr Geld und Ihr Investment verantwortlich sind.Dieser Ratgeber soll Sie nur bei Ihrem Vorhaben unterstützen und die verschiedenen Wege und Möglichkeiten aufzeigen.

Um ein Gespür für Kryptowährungen zu bekommen, sollten Sie zuerst einen gewissen Betrag auf Ihr Wallet legen. Dabei ist es egal, ob Sie sich für Bitcoin, Ethereum, Litecoin oder einen anderen, vielleicht kleineren Altcoin entscheiden. Suchen Sie sich einfach Ihren Favoriten aus der langen Liste der Kryptowährungen aus. Nun machen Sie nichts anderes, als diesen Coin für eine Woche nur zu beobachten. Notieren Sie sich die Kursschwankungen, überlegen Sie, wie diese zu Stande kommen und freuen Sie sich, wenn Sie alleine durch dieses Handeln schon einen Kursgewinn erzielen konnten. Im Gegenzug sollten Sie jedoch auch nicht verzweifeln, falls Ihr Coin an Wert verloren hat. Das A und O ist auch bei Kryptowährungen, keine emotionale Bindung zum Coin zu entwickeln.

## Die ersten Schritte

Nun können Sie sich überlegen, ob Sie in einige Coins investieren möchten und diese einfach für eine gewisse Periode halten wollen. Dazu suchen Sie sich Coins aus, die günstig zu kaufen sind und gute Prognosen haben. Überprüfen Sie von Zeit zu Zeit den Wert der Coins, aber verkaufen Sie auf gar keinen Fall, wenn Sie merken, der Coin ist gerade im Keller.

Ein weiterer Schritt kann sein, dass Sie sich nun an einem Mining beteiligen. Auch hier haben Sie im Vorfeld ausgiebig recherchiert und die richtige Plattform gefunden. Egal ob Cloud Mining oder eine Kombination aus Network Marketing, Vertrieb und Mining - jetzt können Sie die ersten Schritte unternehmen. Investieren Sie aber auch hier nur den notwendigen Mindestbetrag, und beobachten Sie die Situation für ein bis zwei Wochen. Wenn Ihnen die Entwicklung so richtig Spaß macht, dann können Sie auch nach zwei Wochen mehr investieren.

## Ist ein Investment in Kryptowährung sinnvoll?

Es wäre absolut gelogen, dies zu verneinen, auch wenn es immer noch viele Gegner und Skeptiker gibt, die der virtuellen Währung nicht positiv gegenüberstehen. Wenn Sie jedoch einen gewissen Betrag an Geld übrig haben, könnte es durchaus lukrativer sein, diesen in Kryptowährung zu investieren, als auf ein Sparbuch zu legen. Auf dem Konto oder auf dem Sparbuch wird das Geld nicht mehr - eher weniger. Bei einem Investment in Kryptowährungen können Sie von den Mining Ergebnissen, den Kursgewinnen und eventuell sogar von Boni beim Empfehlungs-Marketing profitieren. Sie müssen natürlich im Vorfeld entscheiden, wie viel Zeit Sie in das Projekt Kryptowährung investieren möchten. Wenn Sie das Geld nur anlegen wollen, aber nicht aktiv dabei sein möchten, dann empfiehlt sich ein Vertrag bei einem Mining Pool. Hier investieren Sie, erhalten die Zugangsdaten und können jederzeit Einblick erhalten. Das Mining findet ohne Ihr Zutun statt, da Sie in einen Anteil eines Pools oder Mining Racks investiert haben. Auch können Sie das Geld einfach in Bitcoins oder Altcoins auf Ihr Wallet packen und es dort sicher verwahrt wissen. Dafür eignet sich natürlich ein Hardware Wallet wie der Ledger am besten. Wenn Sie mehr Zeit aufbringen können, dann können Sie auch ein gemischtes Portfolio anlegen und jeden Tag oder wöchentlich die Ergebnisse auswerten und anpassen. Auch können Sie beginnen, mit den einzelnen Coins zu traden. Auch beim Traden können Sie die Zeit, die Sie aufwenden möchten, individuell gestalten. Niemand muss 8 Stunden vor dem Computer sitzen und schwitzend einen Coin nach dem anderen kaufen und verkaufen. Wenn Sie täglich eine Stunde oder 30 Minuten aufbringen möchten, so ist das absolut ausreichend, um einen lukrativen Trade zu vollziehen.

## Mit welchen Risiken muss ich rechnen?

Alles in der virtuellen Welt ist einem gewissen Risiko unterlegen. Das Risiko ist insofern überschaubar, da Sie alleine es in der Hand haben, wie viel Geld Sie investieren. Egal ob beim Mining, MLM oder Trading - beginnen Sie mit kleinen Beträgen, achten Sie auf einen schnellen Return of Invest und fahren Sie im Anschluss alleine mit den Gewinnen fort. Wenn Sie nach einem Return of Invest lediglich mit den Gewinnen arbeiten, haben Sie auch bei einem Totalverlust nichts verloren außer Zeit, dafür aber vielleicht an Erfahrung gewonnen.

Wenn Sie ein Portfolio mit einigen Coins anlegen, dann können Sie das Risiko insofern eindämmen, indem Sie den Markt ständig kontrollieren und im Zweifelsfall sofort eingreifen. Halten Sie Coins, die am Gewinnen sind, und trennen Sie sich von Coins, die einem sichtbaren Abwärtstrend unterliegen. Langfristig sind sicher Bitcoin, Ethereum und Litecoin eine gute Investition, aber auch viele andere kleine Coins, auch aus unserer persönlichen Liste, haben ein großes Potential.

## Vom richtigen Zeitpunkt für ein Investment

Der wichtigste Punkt für ein Investment ist: Sie sollen investieren, wenn Sie über das Geld dafür verfügen. Nur weil im Moment ein extremer Hype um einen gewissen Coin herrscht, sollten Sie sich nicht verschulden, nur um diesen kaufen zu können.

Ein weiterer guter Zeitpunkt ist natürlich jener, wenn der Coin günstig zu haben ist. Dazu sollten Sie die Kurse etwas beobachtet haben und auch die Charts verfolgen. In der Vergangenheit wäre zum Beispiel ein guter Zeitpunkt zum Kauf von Bitcoins jener gewesen, an dem der Coin nach Weihnachten 2017 von seinem Höchststand von knapp 20.000 Dollar rapide gesunken ist. Auch heute können Sie beobachten und einen Coin kaufen, sobald er sich auf einem niedrigen Stand befindet. Dabei dürfen Sie sich jedoch nicht von Coins verleiten lassen, die durch einen Bump and Dump oder einen anfänglichen Hype auf einem hohen Stand waren und später nur mehr am niedrigsten Stand dahin dümpeln. Um dies herauszufinden, müssen Sie den Markt wirklich eine Zeit lang beobachten. Auch wenn sich dies wie eine Leier anhört, dies ist einer der wichtigsten Tipps in diesem Metier.

# Erfolgreich Traden mit Bitcoins und Altcoins

Erfolgreiche Trader auf dem Coins-Markt schwören darauf, den Bitcoin nicht zu traden, sondern einfach langfristig zu halten. Hier kommen wir gleich zu dem ersten Begriff, den Sie beim Traden häufig hören werden. Die Rede ist von HODL. Dieses Wort ist inzwischen zu einem beliebten Begriff geworden und wird als sogenanntes Meme geführt. Entstanden ist es durch den User GameKyuubi, der wegen einer Sauftour durch die Clubs den richtigen Zeitpunkt zum Verkauf seiner Bitcoins verpasst hatte. In einem Forum für Trader ließ er nun einen Mitleidspost ab und endete den Beitrag mit den Worten „I am hodling“. Da er nicht mehr ganz nüchtern war, oder durch die Aufregung, hat er ganz einfach die Buchstaben verwechselt, denn er wollte holding schreiben. Dieses Posting hat jedoch so viele User und Leser amüsiert, dass es sich in kürzester Zeit viral verbreitet hat und nun HODL als eingefleischter Begriff für Holding gilt. Wenn Sie also Bitcoins auf Ihrem Wallet haben, können Sie diese getrost hodlen, denn zum Traden eignen sich viele andere Altcoins weitaus besser.

### Schritt Eins - Machen Sie sich mit Coinmarketcap vertraut

Lernen Sie die ersten 100 Coins kennen, die sich auf dieser Liste befinden. Nehmen Sie sich die Zeit, diese für mindestens eine Stunde pro Tag zu studieren. Klicken Sie auf die Namen der Coins und lesen Sie über die Entwickler, informieren Sie sich über die Roadmap und die Technologien, die hinter den einzelnen Coins stecken. Machen Sie sich dazu auch Notizen. Dafür können Sie eine Word oder Excel Datei verwenden oder ganz old-fashioned Ihre Notizen auf Papier schreiben. Notieren Sie sich auch zu jedem Coin Ihre eigene Meinung und schreiben Sie mit dem aktuellen Datum auf, ob Sie denken, dass sich dieser Coin positiv oder negativ entwickeln wird. Gehen Sie dabei auch auf die Liste der „Biggest Looser“ ein. Lernen Sie den Unterschied zwischen Fintech, Currency Coins, Staking Coins und Plattform Coins kennen. Überprüfen Sie, wie Sie die einzelnen Coins verdienen können. Die Möglichkeiten dafür sind staking, trading oder sogenannte Performing Actions wie Bitradio.

## Schritt Zwei - Definieren Sie Ihre Ziele und Erwartungen

Es ist genauso falsch nichts zu erwarten und zu erhoffen, als zu große Ziele zu setzen. Alles was Sie erreichen möchten sollte der Realität entsprechen können. Ein realistisches Ziel beim Traden ist, mit einem täglichen Gewinn von etwa 100 Dollar zu rechnen. Natürlich müssen Sie sich bewusst sein, dass Sie dies nicht sofort an Tag eins erreichen werden - in einer Periode zwischen einer Woche und einem Monat ist dies aber durchaus realistisch. Vorausgesetzt Sie verfolgen diesen Weg kontinuierlich. Nehmen Sie immer mehrere kleinere Beträge her. Traden Sie zu Beginn mit Coins im Wert von 5 bis 20 Dollar oder Euro und machen Sie immer nur einen Trade nach dem anderen. So können Sie eventuell kleine Verluste sofort wieder ausgleichen. Rechnen Sie pro Trade mit einem Gewinn von 1%. Das hört sich vielleicht etwas wenig an, je mehr Erfahrung und Übung Sie jedoch haben, und auch mit größeren Summern traden können, desto größer werden auch die Gewinne bei nur einem Prozent.

Legen Sie einen Betrag fest, den Sie täglich einsetzen möchten. Überschreiten Sie diesen nicht, auch wenn Sie dadurch hoffen, eventuelle Verluste wieder auszugleichen. Halten Sie an Ihren Vorsätzen und Richtlinien fest und legen Sie die Gewinne sofort zur Seite. Auf der Exchange verdienen Sie beim Traden Satoshis, also kleine Teile eines Bitcoins. Diese gewonnenen kleinen Bitcoin Babys sollten am Ende des Trades auf dem Wallet landen.

**Schritt Drei - Sehen Sie das Trading als Ihr Business an**

Ihr Betrag, mit dem Sie täglich traden, ist Ihre eigene kleine Firma. Hier haben Sie die Ware, die Sie für Ihr Budget eingekauft haben. Diese Ware möchten Sie nun zu einem besseren Preis verkaufen. Das Trading funktioniert wie im richtigen Leben. Ein Händler in einem Schuhgeschäft kauft auf dem Großmarkt Schuheund verkauft diese zuzüglich einer bestimmten Quote. Wenn Sie einen Coin traden, sollten Sie sich vorher ausrechnen, um wie viel Sie diesen wieder verkaufen möchten. Richten Sie sich nach der 1% Regelung. Sie können ruhig mit dem Taschenrechner vor den Charts und dem Orderbook sitzen. Das machen auch geübte Trader immer noch so. Ist der Betrag von plus 1% erreicht - verkaufen Sie. Werden Sie nicht gierig, denn meist entstehen durch Gier Verluste.

**Schritt Vier - Halten Sie stets den Überblick**

Dabei geht es nicht nur um Ihren Trade, lesen Sie auch stets die Informationen aus der Exchange heraus. Informieren Sie sich über Preis und Volumen, beobachten Sie die Charts und die

Grafiken und achten Sie auf das Order Book, die Open Orders, die Market History und die eigene History.

**Schritt Vier - Die Analysen**

Es ist wichtig, dass Sie nicht nur einer Analyse vertrauen und auf keinen Fall den Coinmarket zu sehr analysieren. Zur fundamentalen Analyse zählen Informationen wie Gründer, Ergebnisse, Blockchain, Gebühren, technische Daten und Ergebnisse. Bei der technischen Analyse konzentrieren Sie sich auf die Candlesticks. Grün zeigt immer an, dass der Coin im Steigen ist, während rot anzeigt, dass der Coin sinkt. Für einen Kauf sollten Sie sich immer vor Augen halten, niemals dem grünen Stick nachzujagen. Auch wenn Sie denken, dass der Coin noch viel höher steigen wird, lassen Sie diese Möglichkeit aus, das nächste, viel lukrativere Angebot wartet garantiert. Achten Sie auf das Volumen und auf Trends.

Entscheiden Sie schnell und verkaufen Sie, sobald der Coin droht, Ihr Limit für Verluste zu überschreiten. Genauso, wie Sie sich eine Strategie für den Verkauf bei Gewinnen gesetzt haben, sollten Sie auch festlegen, welchen Verlust Sie noch akzeptieren. Auch hier ist eine gute Richtlinie, wenn Sie diese auf 1% festlegen. Wenn Sie mit einem Verlust von 1% verkaufen, können Sie diesen Coin vielleicht in kurzer Zeit zu einem noch viel, viel günstigeren Preis zurückkaufen. Werden Sie sich im Klaren, dass Sie hier traden und nicht langfristig investieren. Beim Traden mit Coins spricht man oft von nur wenigen Minuten oder sogar Sekunden, bis ein Handel abgeschlossen ist.

**Schritt Fünf - Notieren Sie die wichtigsten Daten**

- Name des Coins
- Menge der gekauften Einheiten
- Kosten per Einheit
- Gesamtkosten

Nun berechnen Sie bei einem Gewinn den Ertrag minus der Kosten und bei einem Verlust die Kosten minus den Ertrag.

Akzeptieren Sie unbedingt einen kleinen Verlust. Traden Sie nie, wenn Sie verzweifelt sind, müde sind oder auch euphorisch. Beim Traden sollten Sie sämtliche Emotionen zur Seite legen. Auch ist es wichtig, dass Sie ungestört sind und sich nicht ablenken lassen. Wie gesagt, ein guter Trade kann schon nach wenigen Sekunden vorbei sein.

Sämtliche Informationen, die Sie benötigen, finden Sie direkt auf der Exchange. Hier können Sie arbeiten und den Coin immer kaufen, wenn er sich unten befindet. Achten Sie in den Charts und Statistiken besonders auf Panikverkäufe. Genau dann sollten Sie den Coin kaufen.

Richten Sie sich immer nach den Werten die den Höchststand und den niedrigsten Stand der letzten 24 Stunden angeben.

Das wichtigste ist, dass Sie mental bei der Sache sind. Halten Sie sich an Ihre Vorsätze und kaufen und verkaufen Sie zu Ihren festgesetzten Werten. Akzeptieren Sie dabei keine Entschuldigungen und beklagen Sie sich nicht, wenn ein Trade schief gegangen ist. Das Spiel geht weiter und die nächste gute

Möglichkeit steht vor der Tür. Bleiben Sie immer ruhig und setzen Sie auf optimales Timing.

Ein guter Tipp zum Schluss: Meist können Sie an Freitagen sehr günstig Coins kaufen, da viele Menschen vor dem Wochenende Ihre Coins zu Geld machen möchten. Dienstag, Mittwoch und Donnerstag sind Tage mit größerem Volumen, also ideal für Verkäufe.

Achten Sie auf den Bitcoin als generellen Indikator für Altcoins. In der Regel sinkt der Bitcoin, wenn eine Vielzahl der Altcoins steigen und umgekehrt. Melden Sie sich bei Trading-Foren an und verfolgen Sie die Gespräche. Auch in den sozialen Netzwerken sind manch wertvolle Gruppen zu finden. Folgen Sie jedoch keinem Trend und lassen Sie sich zu keinem Kauf oder Verkauf überreden. Kaufen und verkaufen Sie nur, nachdem Sie selbst sämtliche Fakten überprüft haben.

BitcoinTalk ist ein großes Forum, in dem Sie sich immer über aktuelle Tipps, Tricks und Trends informieren können. Vergessen Sie aber nie, der Coinmarkt ist ein sehr schnelllebiger Marktund was heute gut ist, kann morgen schon wieder schlecht sein.Auch Coindesk ist ein gutes Portal. Von hier können Sie sich ebenfalls immer wieder nützliche Informationen und Anregungen holen. Auf BitcoinWisdom können Sie üben und sich in Grafiken einlesen.

# Der Kauf von Kryptowährung

Um Bitcoins oder Altcoins zu besitzen, benötigen Sie natürlich zuerst das Wallet. In einem der vorherigen Kapitel haben wir bereits ausführlich über die verschiedenen Wallets gesprochen. Nun wollen diese auch bestückt werden. In diesem Kapitel klären wir Sie über die verschiedenen Möglichkeiten auf, wie Sie Geld auf Ihr Bitcoin Wallet transferieren.

## Kryptowährung am Bitcoin Automat kaufen

Eine einfache und sehr rasche Möglichkeit, um Bitcoins zu kaufen, ist einen sogenannten Bitcoin Automaten zu benutzen. In vielen großen Städten und häufig auch auf internationalen Flughäfen sind diese Automaten zu finden und beinahe wöchentlich kommen neue Automaten hinzu. Fragen Sie Google, Sie werden überrascht sein, wie viele dieser Automaten sich auch in Ihrer Nähe befinden. Um Bitcoins via Automaten auf Ihr Wallet zu bekommen, benötigen Sie den QR Code Ihrer Bitcoin Adresse. Ohne Identifikation kann jeder pro Tag Bitcoins im Wert von 250 Euro an den Automaten kaufen. Für Beträge darüber wird meist ein amtlicher Lichtbildausweis benötigt.Via Touch-Screen wird am Automaten der Betrag ausgewählt, der QR Code gescannt, das Geld eingeschoben und bestätigt. Schon nach wenigen Minuten befindet sich der gewünschte Betrag auf dem Bitcoin Wallet.

## Kryptowährung mit Bitbons kaufen

In vielen Tabaktrafiken, an Tankstellen und in ausgewählten Läden, meist Lotto Annahmestellen, können diese Bons gekauft werden. Nun muss nur der Code eingegeben werden und die Bitcoins erscheinen sofort am Wallet. Vorsicht, meist sind die Gebühren bei dieser Variante sehr hoch. Überprüfen Sie die Gebühren im Vorfeld, um keine bösen Überraschungen zu erleben.

## Kryptowährungen mit Kreditkarte oder per Sofort-Überweisung kaufen

Auf Ihrem Bitcoin Wallet finden Sie zahlreiche Informationen, wie Sie die digitale Geldbörse mit Bitcoins bestücken können. Klicken Sie hierbei auf die gewünschte Option und folgen Sie den Anweisungen. Bei beiden Optionen ist das Geld in Bitcoins innerhalb weniger Minuten verfügbar.

## Kryptowährungen mit Skrill oder Neteller kaufen

Auch hier gehen Sie auf Ihr Wallet und klicken die gewünschte Form der Überweisung an. Nicht jedes Wallet unterstützt jede Option. Manche Wallets verfügen zusätzlich über die Möglichkeit, die Bitcoins via ATM einzuzahlen. Hierfür wird vorweg der Betrag und die gewünschte Bank gewählt, der Code eingegeben und im Anschluss der Bestätigungsbon via Foto hochgeladen. Auch hier sind die Coins schon in kurzer Zeit verfügbar.

## Kryptowährungen ohne Konto und ohne Anbieter kaufen

Sie haben auch die Möglichkeit, sich durch Verkauf auf diversen Plattformen wie eBay oder Willhaben mit Bitcoins bezahlen zu lassen. Voraussetzung ist, der Käufer besitzt Bitcoins und stimmt dieser Bezahlart zu. Rechnen Sie sich den aktuellen Bitcoin Kurs aus und weisen Sie den Käufer an, die

Bitcoins auf Ihre Adresse zu überweisen. Auch hier sollte die Überweisung innerhalb weniger Minuten durch sein. Achten Sie darauf, dass die Adresse korrekt eingegeben wird. Copy and Paste sind dabei immer ratsam.

Wenn Sie so gar keinen Zugang zu Banken oder Automaten haben, können Sie auch jemanden bitten, ihm Bitcoins abkaufen zu dürfen. Dafür wird ebenfalls der aktuelle Kurs ermittelt, Sie bezahlen die Coins und der Verkäufer überweist diese direkt an Ihr Bitcoin Wallet. Schon nach wenigen Minuten sind Sie im Besitzt der begehrten, digitalen Währung.

# Wie eröffne ich ein Bitcoin Wallet

Zuerst suchen Sie sich ein passendes E-Wallet aus, das Ihren Ansprüchen gerecht wird. Im deutschsprachigen Raum sind Bitpanda, Xapo, Blockchain.info, Bitgo und Mycelium die beliebtesten und gängigsten E-Wallets.

Melden Sie sich auf der Webseite dieser Wallets an. Meist sind Name, Geburtsdatum, Telefonnummer, E-Mailadresse und der Pass gefragt. Entweder Sie müssen ein Foto des Passes hochladen, oder Sie werden via Skype Call angerufen. Nun können Sie nach Registrierung ein Passwort erstellen und den 2 FA Secure Code erstellen. Dieser ist besonders wichtig, falls sich jemand mit Ihrem Passwort einloggen möchte. Dieser Secure Code sendet alle 10 Sekunden ein neues Passwort an Ihr Handy. Die App für den 2 FA können Sie bequem in Internet herunterladen.

# Welche Exchanges sind zu empfehlen?

Exchanges sind dafür da, um Bitcoins und Altcoins zu kaufen und zu verkaufen. Sie sind quasi der virtuelle Marktplatz. Eine Exchange ist generell nicht dazu geeignet, die Coins auch zu lagern, dafür sind die Wallets zuständig. Manche Exchanges bieten gegen eine Gebühr jedoch auch ein Wallet an. Sicher sind immer jene Wallets, deren Private Key man sicher verwahren kann und die auch mit Passwörtern und 2 FA Secure Codes zusätzlich gesichert sind.

Zum Thema Exchanges gibt es unter den Kryptomaniacs die unterschiedlichsten Meinungen und jeder bevorzugt aus verschiedenen Gründen spezielle Exchanges. Bevor Sie sich für eine Exchange entscheiden, sollten Sie die Bewertungen zum Thema Sicherheit dieser Seite lesen. Der durchschnittliche Ton sagt viel über die jeweilige Seite aus. Zudem bieten nicht alle Exchanges alle Altcoins zum Kaufen und Verkaufen an. Ein weiteres Thema, welches erst zu Ende des Jahres 2017 aktuell wurde, ist, dass manche Exchanges mit dem großen Ansturm nicht zurechtkamen und einen Aufnahme-Stopp verhängen mussten. Dies geschah unter anderem bei der beliebten Exchange Bittrex. Falls dies der Fall sein sollte und Sie sich auf einer bestimmten Exchange nicht registrieren können, wählen Sie zwischenzeitlich eine andere und versuchen es zu einem späteren Zeitpunkt wieder. Es ist ratsam, die Anmeldung täglich zu versuchen, da es sein kann, dass pro Tag nur ein bestimmtes Limit an neuen Usern aufgenommen wird.

Zu den beliebtesten Exchanges zählen Coinbase, EtherDelta, Yobit, Localbitcoins, Bitfinex, Bitstamp, Paxful,

Coinexchange.io, Poloniex, zbit-z, gate.io, Binance und viele mehr. Im Internet können Sie vorweg überprüfen, welche Exchange welche Coins und Kryptowährungen anbietet, von welchem Land aus es unterstützt wird und in welcher Währung getradet wird. Sie sollten immer wissen, ob Sie für Bitcoins respektive Satoshis, Euros, Dollar oder eine andere Währung handeln.

Direkt auf der Exchange können Sie natürlich auch Bitcoins via Kreditkarte, Sofortüberweisung, Paypal und vieles mehr kaufen. Ebenso lassen sich die Bitcoins auch vom eigenen E-Wallet auf die Exchange überweisen und vice versa für die auszuzahlenden Gewinne.

Haben Sie sich nun für eine Exchange entschieden, sich angemeldet und auch Bitcoins im Account verbucht, können Sie nun anfangen, mit diesen Bitcoins Altcoins zu kaufen. Nun entscheiden Sie sich für einen Coin. Unter der Rubrik Buy geben Sie die Anzahl der Coins ein, Sie erfahren den Gesamtbetrag, klicken auf Buy und schon sind Sie im Besitz der gewünschten Altcoins. Der Verkauf findet unter dem Button „Sell“ statt.

Die aktuellen Kurse werden immer direkt auf der Exchange angezeigt. Hier finden Sie in den Charts und Grafiken auch einen Vergleich, ob der Kurs im Steigen oder Sinken ist, oder ob er relativ konstant läuft.

# Das Anlegen eines Portfolios

Bei einem Portfolio handelt es sich um die Auswahl an Coins und Token, in deren Besitz Sie sich befinden. Auch wenn Sie traden möchten, ist es ratsam, dies fürs Erste nur mit einer bestimmten Auswahl an Coins zu machen, da Sie sonst schnell den Überblick verlieren. Zum Traden suchen Sie sich vielleicht 10 unterschiedliche Altcoins aus, mit denen Sie sich eingehend befassen. Kleine Coins, die starken Kursschwankungen unterliegen, sind hier natürlich optimal.

Wenn Sie Coins langfristig halten möchten, um von der Kurssteigerung zu profitieren, so suchen Sie sich auch einige Coins aus. Sehen Sie zu, dass Sir diese zu einem sehr günstigen Preis kaufen, und vergessen Sie nicht, alles zu notieren. Oft ist es hilfreich, diese Notizen auch offline auf Papier aufzubewahren. Wie viele Coins Sie in Ihr Portfolio aufnehmen sollten, ist so generell nicht zu sagen, Sie sollten Ihr Können selbst einschätzen. Beginnen Sie am besten mit drei Coins, die Sie langfristig halten möchten. Dabei ist es wichtig, dass Sie diese Coins nun nicht stündlich vergleichen. Beim langfristigen Halten geht es, wie das Wort verrät, um eine langfristige Entwicklung. Nach etwa einem Monat können Sie kontrollieren, eventuell neue Coins dazu nehmen, Coins verkaufen, die sich nicht den Wünschen entsprechend entwickelt haben und eben Coins halten, die sehr vielversprechend sind. Vergessen Sie aber nie, dass beim Traden ein geringer Verlust zu akzeptieren ist, während Sie beim langfristigen Halten einen zwischenzeitlichen Kursverlust ruhig aussitzen können. Vermischen und verwechseln Sie niemals diese unterschiedlichen Methoden, um mit Kryptowährungen Geld zu verdienen.

# Kryptowährungen und Steuern

Viele sind in der Annahme, dass Kryptowährungen absolut nicht versteuert werden müssen, da diese ja absolut anonym und dezentral sind. Dies ist natürlich in gewisser Weise eine logische Schlussfolgerung, aber nur bedingt richtig. Generell ist zu sagen, dass Kryptowährungen steuerfrei sind, wenn sie mindestens ein Jahr lang auf dem Wallet liegen, ohne bewegt worden zu sein. Hier sollten Sie sich sämtliche Eingänge mit Datum notieren, um den Überblick nicht zu verlieren - und die Herkunft bei einer eventuell fälligen Prüfung auch beweisen zu können. Es gilt das bekannte Motto, first in und first out. Da bedeutet, wenn Sie Bitcoins verkaufen, dann sollten Sie schon aus steuerlichen Gründen jene Bitcoins verkaufen, die schon länger als ein Jahr in Ihrem Besitz sind. So kann der Ertrag daraus als steuerfrei verbucht werden. Die Kapitalertragssteuer ist jedoch bei Kryptowährungen nicht anzuwenden, da diese nur auf Zinsen oder ähnliche Erträge fällig ist.

Wenn Sie nun Kryptowährungen innerhalb eines Jahre kaufen und auch wieder verkaufen, so sind diese steuerpflichtig. Natürlich muss auch hier der steuerliche Freibetrag von 600 Euro überschritten werden. Hier handelt es sich jedoch um eine Freigrenze, und ganz wichtig, nicht um einen Freibetrag. Ist der Gewinn also 601 Euro hoch, so sind die gesamten 601 Euro - und nicht nur 1 Euro - zu versteuern.

Für das geltend machen der Steuerfreiheit stehen Sie vor dem Finanzamt in der Aufzeichnungspflicht. Das heißt, Sie müssen wirklich jeden Kauf und Verkauf dokumentieren können. Entstehen aus der Kryptowährung Zinsen, so verlängert sich die Frist auf 10 Jahre. Bei Kryptowährungen gilt nach wie vor die Spekulationsfrist, die für Aktien aufgehoben wurde. Somit bleibt auch hier die Steuerfreiheit bestehen.

Wer privates Mining betreibt, der gilt vor dem Gesetz als gewerblich tätig. Hier sollte auch ein Gewerbe angemeldet werden. Gewerbesteuerpflicht besteht jedoch erst ab einem Einkommen von 24.500 Euro. Im Gegenzug für die Versteuerung können Miner aber sämtliche Kosten, die für das Mining anfallen, von der Steuer absetzen. Für Cloudminer und alle, die unter einem Vertrag für sich minen lassen, gilt dies nicht. Da man hier eine Dienstleistung erworben hat, ist man in diesem Fall nicht gewerblich tätig und die Steuerpflicht besteht nicht. Allerdings kann auch nichts von der Steuer abgesetzt werden.

Miner, die gewerbepflichtig sind, zahlen jedoch keine Umsatzsteuer. Das rührt daher, dass Kryptowährungen als Fremdwährungen gewertet werden und auf diese eben keine Umsatzsteuer berechnet wird. Im Gegenzug sind gewerbepflichtige Miner auch nicht berechtigt, die Vorsteuer einer Rechnung abzuziehen. Gewerbepflichtige Miner sind theoretisch auch zur Inventur verpflichtet. Das heißt, sie müssen jederzeit Auskunft über ihren Stand und Bestand der Kryptowährungen geben können.

Für genauer Informationen, und um absolut auf der sicheren Seite zu sein, sollten Sie jedoch Ihren Steuerberater aufsuchen, der Sie bei Ihrem Vorhaben und den möglichen Steuern sicher gerne unterstützt. Auch hier gilt, dieser Ratgeber ist ein Wegweiser, ersetzt aber keinen Steuerberater und übernimmt auch keinerlei gesetzliche Haftungen.

# FAZIT: Lohnt es sich in Kryptowährungen zu investieren?

Kryptowährungen sind eine tolle Alternative zum Sparstrumpf und mit Sicherheit bringen sie mehr Gewinn. Wer die Sache überlegt angeht, mit Bedacht investiert und sich jeden der Schritte gut überlegt, der kann beachtliche Gewinne mit Kryptowährungen erzielen. Alleine wenn Sie sich die Entwicklung dieses Marktes ansehen, bemerken Sie, in welche Richtung es führt. Nicht nur der Bitcoin, auch die unzähligen alternativen Coins sind absolut salonfähig geworden und haben ihr Image als Währung für das Darknet schon längst abgelegt. Egal mit wem Sie sich unterhalten, jeder hat schon von Bitcoins gehört und beinahe jeder ist an dieser Entwicklung interessiert. Dies sind optimale Voraussetzungen dafür, dass auch in Zukunft die Preise für Bitcoin, Ethereum, Dash, Litecoin und Co steigen werden - denn wir dürfen nicht vergessen: Angebot und Nachfrage bestimmen hier den Kurs. Und wer besonders schlimm von der herrschenden Inflation unserer Währung betroffen ist, der wird sich doppelt freuen, wenn der Bitcoin wieder einen ordentlichen Schub nach oben macht. Ob die Prognosen stimmen, dass der Bitcoin mit Ende des Jahres 2018 bei 40.000 Dollar steht, gilt es abzuwarten. Aber gerade bei der Kryptowährung gilt: Alles ist möglich.

# Impressum:



Auflage (Erstauflage 2018)

Umschlaggestaltung, Illustration:

*ILM Beratungs und Vertriebs Ltd.*

Lektorat, Korrektorat: *ILM Beratungs und Vertriebs Ltd.*

Kontakt: bksl@gmx.at

**Taschenbuch**

**KDN-ISBN: 9781976891649**

**e-book**

**ASIN:**



## Risiko-Hinweis und Haftung

Jedes Investment in Kryptowährungen ist mit Risiken behaftet, teilweise hochspekulativ und kann zum Totalverlust des eingesetzten Kapitals führen. Wir halten die Artikel,

Empfehlungen, Charts und Tabellen für verlässlich, jedoch können wir keine Garantie für Richtigkeit und Aktualität übernehmen. Die Inhalte in diesem Werk sind nach bestem Gewissen verfasst, wir halten unsere Quellen für verlässlich, aber auch hier können wir keine Garantie auf Richtigkeit und Aktualität geben. Die Inhalte in diesem Werk stellen keine Aufforderung zum Kauf oder Verkauf von Kryptowährungen dar. Die Informationen geben lediglich einen Einblick in die Meinung der Verfasser.

**Haftungsausschluss**

Die Inhalte wurden mit größtmöglicher Sorgfalt erstellt. Der Autor übernimmt jedoch keine Gewähr für die Richtigkeit und Vollständigkeit der hier befindlichen Informationen sowie bereitgestellten Inhalte.

**Urheber- und Kennzeichenrecht**

Bei den Inhalten die erstellt wurden, werden die Urheberrechte Dritter beachtet. Insbesondere werden Inhalte und Rechte Dritter als solche gekennzeichnet.

Sollte der Nutzer trotzdem auf eine Urheberrechtsverletzung aufmerksam werden, bitten wir um einen entsprechenden Hinweis. Bei Bekanntwerden von Rechtsverletzungen werden wir derartige Inhalte umgehend entfernen.

**Etwaige Bilder**: Privatarchiv, Pixabay.com, shutterstock

persönliche Anmerkungen:

persönliche Anmerkungen:

persönliche Anmerkungen:

persönliche Anmerkungen:

Printed in Poland
by Amazon Fulfillment
Poland Sp. z o.o., Wrocław

73108733R00058